Lisi Schuur und Eike M. Falk

Paul und Alexander

Herstellung und Verlag: BoD – Books on Demand, Norderstedt
ISBN: 9783756851072

Paul und Alexander
(2018 - 2021)

Paul: Notizblockeintrag / 1

Ich sitze da und denke nach, was soll ich machen. Ich habe nichts anderes zu tun.

Ich sitze auf einer Mauer, lasse die Füße baumeln und taste mich ab von oben nach unten. Es funktioniert soweit alles ganz gut.

Die Sonne hat sich versteckt.

Vielmehr - da haben sich Wolken über die Erde gelegt, die schirmen mich ab von der Sonne.

Die Sonne, so sagt man, ist ein kugelförmiger Kernreaktor, der im Weltraum rotiert.

Es ist ja eigentlich eine recht sonderbare Vorstellung. Zum Fürchten im Grunde.

Dabei werden ihr gemeinhin freundliche Eigenschaften zugeschrieben. Man zeichnet sie mit lachendem Gesicht in hellem Gelb.

Dass sie sich in 8 Milliarden Jahren zum roten Riesen aufplustern wird, kümmert mich wenig.

Gestern wurden wieder Demonstranten von der Polizei zusammengeknüppelt, die Politiker sind dumm wie Bohnenstroh, gleichzeitig von einer Bauernschläue, die sich von den Konzernen schmieren lässt. Abgesehen von den Begriffen wird sich daran in Millionen Jahren nichts ändern. Also, was soll's -

Obwohl - ärgern tut es mich doch, denn ich wollte doch, es wäre doch schön -

So ist der Mensch. Hoffnungslos optimistisch.

Trotzdem möchte ich nicht in der Zukunft wiedergeboren werden.

Mir wär es lieber, wenn es rückwärts ginge -

als Hirte auf den Peloponnes, in homerischer Zeit, als noch leibhaftige Götter unter uns wandelten, oder als Mazedonischer Reiter unter Alexander. Eine ungeahnte Welt würde man kennenlernen, Elefanten begegnen, babylonischen Tempeltänzerinnen.

Schön wärs. Aber es wird nicht sein. Ich glaub ja nicht, dass es dazu kommt. Aber - Glauben - das ist ja auch so ein kugelrundes Ding wie die Sonne, und genauso gefährlich.
Aber mal angenommen -
mein Leben ist vorbei, so ziemlich -
reicht es doch noch zu ausreichend Spinnereien.
Was ich auskosten werde.
Solange mein Kopf mich denkt.

Paul: Notizblockeintrag / 2

Ich habe ihn gestern drunten am Fluss kennengelernt. Er hat sich zu mir auf die Bank gesetzt. Ich war zunächst etwas ärgerlich, wie es in solchen Fällen gerne geschieht, fühlte mich gestört, aus meinen Gedanken gerissen, hatte mich in Hildesheimers Masante vertieft.
Ich schaute auf, schaute mich um, es war nirgendwo sonst etwas frei, also warum sollte er nicht, der kleine Ärger war schnell verflogen, wir kamen ins Gespräch.
Masante kannte er nicht, doch sonst allerlei von Hildesheimer.
Wir sprachen über Tynset und das Alleinsein, über den Schnee und dessen Aussichten im kommenden Winter. Wir einigten uns auf: meterhoch.
Wir stimmten überein in unserer Liebe zum Fluss: aller Flüsse.
Wir verabredeten uns locker: auf die kommenden Tage.

Heute hat es den ganzen Tag geregnet, ausgiebig, herbstlich verschwenderisch.
Ich habe gelesen: Sartre, Camus: Ekel, Sisyphos, ergo: die Suche nach dem Sinn des Lebens. Es gibt keinen Sinn. Alles Zufall: chemisch - physikalisch - astronomisch, hilfloses Herumgestochere, Konstellationen, die sich ungewollt ergaben und Leben auf diesem Planeten entstehen ließen: uns.
Erklärungen: willkürlich, Hypothesen: verschwenderisch wie der Regen.
Götter, die uns nach ihrem Ebenbild erschufen: wozu? Ein Leben ohne Sinn und Verstand, ohne Ziel und Aussicht. Leben, das sich ans Leben krallt aus Instinkt und solange es nur kann.
Aber: „Wir müssen uns Sisyphos als einen glücklichen Menschen vorstellen."
Solange wir nur etwas zu ackern und zu rackern haben. Nur nicht stillstehen und Löcher in den Himmel bohren.
Ich werde ihn mal fragen, was er davon hält.
Sein Name sei Ganterbein. Nein, Quatsch. Aber seinen Namen könnte ich bei der Gelegenheit auch mal in Erfahrung bringen.

Alexander: Datentypist/ mit der Vorliebe für Formatierung

Natürlich weiß ich, dass der Geist nicht in der Taube sitzt.
Er hat es mir gestern beibringen wollen, als er mir die Taube beschrieb.
Keine Ahnung, wie man auf Tauben kommt, oder ist Hildesheimer ein Taubenfreund?
Welche Taube meinen Sie, fragte ich ihn mit einer Spur Ironie.
Es war die Mühe nicht wert. Nicht jede Spur taugt zum Lesen.
Seit ich es mir abgewöhnt habe, mich für etwas verantwortlich zu fühlen, geht es mir gut.
Dabei behandle ich alles und jeden gleich. Keinerlei Verantwortung, keinerlei Pflichten.
Darauf hätte ich früher kommen sollen.
Aber nein. So ein Alleingang will gut überlegt sein.
Das ist die Voraussetzung.
Allein mit sich. Ohne Einmischung der anderen.
Der Beweis der Existenzberechtigung. Das zu schaffen ist das Ziel.
Zusammen mit andern bedeutet Kapitulation.
Selbst ist der Mensch. Nur dann ist er ein Individuum.

Paul: Notizblockeintrag / 3

Der Mensch ist ein separatistisches Wesen.
Kleinstaaterei pur.
Jeder ist sich selbst sein Ungeheuer.
Einmal erkannt, bleckt man die Zähne.
Kann sich zum Lächeln auswachsen.
Dann holt man seine Schnellfeuerwaffe heraus und macht bumm-bumm.
Freiheit, die ich meine.
Auch Vorstadtgärten mit Heckenschere.
Jeglicher technische Fortschritt kann genutzt werden.
Wenn einen die Polizei nicht erschießt geht man ins Gefängnis, gibt
Interviews und verkauft seine Memoiren.
Vergünstigte Einzelhaft. Vollpension inklusive.
Endlich Zeit zum Entspannen. Füße hochlegen.
Paradies: erreicht.

Alexander: Datentypist/ mit der Vorliebe für Formatierung

Werde zu dem, was du bist.
Es sind solche Sätze, die mir Spaß machen.
Eine Freundin von mir hat etliche in ihrem Repertoire.
Ich lasse sie meist reden. Sie ist so überzeugt davon, dass ich ihren
Glauben nicht zerstören will. Unnötige Diskussionen vermeiden. Ist meist
die richtige Entscheidung.
So ein bisschen was hat er auch davon weg, dieser Paul.
Sisyphos als glücklichen Menschen sich vorstellen.
Sorry, aber er scheint nichts begriffen zu haben.
Ich meine, klar kann man Löcher in den Himmel bohren. Nur sollte man gut
zu Fuß sein, um ausweichen zu können. Wer weiß, was sich ergießt über
einem. Solange es kein Dünnschiss ist, geht es ja.
Und ganz ehrlich. Was interessiert mich Thanatos, solange ich gesund und
munter bin.
Alles relaxed angehen. Ist vom Grundsatz her eine gute Devise.
Nur haut das nicht hin.
Ohne Fleiß kein Preis. Wissen doch alle. Und wenn der Preis ein Herzinfarkt
ist. Pech.
Risiko gehört eben dazu.
Sicher. Ich hab meine Ansprüche runtergeschraubt. Man passt sich ja an.
An sich selbst. Man muss es nur nett formulieren können.
Ich hab sie deswegen runtergeschraubt, weil ich mitgekriegt habe, dass
ich ihnen nie genügen kann. So sieht es doch aus. Alles Schönrederei.
Datentypist. Ist lange schon kein Traumberuf mehr für mich.
Aber was will ich machen. Die paar Jahre werde ich hoffentlich noch
schaffen bis zur Rente.
Danach fang ich an mich zu formatieren.

Paul: Notizblockeintrag / 4

So eine Bekanntschaft ist ja eine zweischneidige Sache.
Oder sollte ich von Mehrfachverästelung sprechen?
Ja. Das gefällt mir besser.
Ich frage mich: ist das Übertreibung, Verarschung, oder tickt der wirklich
so.
Ich entscheide mich für letzteres, bis auf weiteres. Bis auf weitere
Einsichtnahme und Erkenntnis.
Ich ticke ja auch nicht richtig. Immer einen Halbton daneben.

Das Meer steht still.
Ich ziehe das Schwert aus der Scheide.
Das Schwert hat seine Schuldigkeit getan.

Was mich das Leben lehrte -
wenn man Schläge ins Gesicht als Lehre nehmen wollte -
es steckt ja in mir drin
einen Teil davon habe ich mir zurechtgebogen
den anderen vergraben
das Wichtigste zuunterst, nehme ich an

Und dann kommt der Zufall
und auch der schlägt gleich wieder zu

Werde zu dem, was du bist ...
Ich finde das gar nicht dumm.
Das ist wie eine Entdeckungsreise: finde dich selbst.
Mag sein, dass es einem nicht gefällt, was man da findet, oder doch aller
Wahrscheinlichkeit nach nicht in allen Teilen.
Dann heißt es weiterforschen, nachdenken, meditieren, einen Weg finden,
der für einen selbst geeignet ist.

Keine leichte Aufgabe. Es ist wie die Suche nach dem Ultima Thule.
Wenn man von einem Ultima Thule spricht, muss es mindestens auch ein vorhergehendes Thule geben oder gegeben haben.
Das gegenwärtige Ultima Thule, der nördlichste Landpunkt der Erde, befindet sich auf 83° 41′ 20,7″ N, 31° 5′ 26,8″ W, inmitten einer Eisfläche, der man einstmals die Eigenschaft des ewigen Eises verlieh. Eine Annahme, die sich als zunehmend brüchig erweist.
Das gegenwärtige Ultima Thule ist ein nur wenige hundert Meter langer Sandstreifen und bietet wenig Aussicht auf Mythologie, dafür sehr viel Nebel, Eis und Schnee.
Die Expedition, die im Jahre 2008 aufgebrochen war diesen öden Landzipfel zu entdecken wird wohl wenig Sinn für Mythologie gehabt haben. Jedenfalls nehme ich das an.
Ich für meinen Teil werde zuhause bleiben und das eigentliche Thule in meinem Kopf gären lassen.
Ich könnte, wie Nabokov, die Toten zur Wiederauferstehung führen und mich zum König ausrufen.
Ich könnte mir Gedanken machen, was einen gerechten Herrscher ausmacht.
Bis ich zu einer Entscheidung gelangt wäre, hätten die Wiederauferstandenen zehnmal gegen mich rebelliert und mir letztendlich den Kopf abgeschlagen.

Und doch bricht man immer wieder auf.
In Gedanken, versteht sich.
In Gedanken schmilzt der Schnee.

Das eigentliche Thule?
Ich werde jetzt den Kopf aufs Kissen legen und die Augen schließen.

Alexander: Datentypist/ mit der Vorliebe für Formatierung

Ich habe eben über mein Leben nachgedacht. Und es ist nichts dabei herausgekommen. Genau, wie es mir vorher schon klar war.
Hab immerhin versucht ganz ruhig zu sein dabei.
Ich rege mich ja seit gestern nicht mehr auf.
Das gefällt mir an Paul recht gut. Mehr als ein undefinierbares Lächeln ist meist nicht bei ihm zu sehen, wenn wir unterschiedlicher Meinung sind.
Gestern war es mal wieder so weit.
Ich meine, ich versuche ja mich verständlich auszudrücken. Aber was bei ihm abgeht, da blick ich nicht durch.
Ich sag mal so. Diese ganze Selbstfinderei ist Unsinn.
Man ist nur mit sich selbst beschäftigt, und kriegt nicht mit, wie man den anderen damit auf den Sack geht. Man sollte sie mal fragen, wie sie einen sehen. Das aber will man nicht hören.
Die Wahrheit konnte noch nie herbergen.
Wenn ich Paul sagen würde, was für ein verquaster Kopf er ist ...
Sucht das Ultima Thule und vergleicht die 2008er Expedition mit dem Abenteuerweg zu sich selbst.
So ähnlich hat er sich ausgedrückt.
Da wären sie aber erfreut gewesen. Die Expeditionsteilnehmer. Wenn einer statt Koordinaten zu bestimmen, sich selbst vermessen hätte.
Jedenfalls hab ich beschlossen meinen Zorn, oder wie immer man es nennen will, künftig in Zaum zu halten.
Bin momentan in einer miesen Situation. Weiß nicht so recht, was ich will.
Es wäre ja nicht schlecht, sich endlich mal klarzuwerden, was man eigentlich möchte.
Aber das ist das Problem.
Selbst wenn man es wüsste. Es würde nichts ändern.
Es gibt immer welche die rufen: Mitspracherecht.
Und dann. Dann machst du nichts. Dann gibst du klein bei. Da hast du keinen Mumm.

Vorher große Klappe und im entscheidenden Augenblick Rückzug.

Tja. Nicht jede Expedition ist erfolgreich.

Vor allem, wenn es ans Eingemachte geht.

Und Thule suchen kann jeder, wenn er bereit ist, sich eine kalte Nase zu holen.

Aber sich persönlich zu entdecken, ist mehr als eine kalte Nase kriegen.

Da kannst du erfrieren dabei. Weil du entdeckst, was für ein Eisklumpen in dir steckt.

Nur auf dich bezogen. Nichts übrig für andere.

Die angebliche Liebe lediglich Eigenliebe.

Und dann stehst du und tust dir selber leid.

Und so einer ist gänzlich ungeeignet, Expeditionen zu unternehmen. Auch nicht ins eigene Innenleben.

Stell dir vor, du hängst im eigenen Loch fest ...

Nacht Mattes, sag ich nur.

Etwas hab ich mich ja schon gerade echauffiert.

War ja niemand dabei.

Kann also weiterhin vor mir gerade stehen. Dass ich mich an mich gehalten habe. Etwas flunkern ist normal, oder?

Na bitte, geht doch.

Paul: Notizblockeintrag / 5

Denken -
legt Stolperfallen aus
untergräbt den regenfeuchten Boden
du sinkst darin ein bis über die Knöchel
reibst dir die Augen

Nanu?

Wenn man dahinter kommt
hat man schon Kopf und Kragen verloren

Na und?

Es ist ja doch sonst nicht viel los
im Leben
in dem bisschen Leben das bleibt
im Regen stehen und lacht dich aus

Warum ich bin
Wer ich bin
Und dann -
wie ich es anstelle, dass ich vorhanden sei
zu meiner Zufriedenheit, zu allgemeiner Zufriedenheit?
Besteht Handlungsbedarf?
Das alles will bedacht sein

Und man wird ja wohl mal fragen dürfen.
Auch wenn es etwas überladen scheint für den Tag.
Dann steckt man es eben unter die Decke.

Da fällt es nicht so auf.
Beruhigung. Und Maß nehmen.

Man brennt sich nicht ab bis auf den Grund.
Irgendetwas bleibt liegen.
Am Abend, wenn ich mir Brote schmiere, Wein einschenke.
Den Wunsch in der Schwebe zu halten.
Ein Stallgefühl. Wesen unter verschiedenerlei Wesen sein, Nüstern
streicheln, den Kopf in eine Mähne legen, Körperwärme auf-,
Körperlichkeit annehmen.
Ich wüsste das Dasein nicht besser.

Soweit die Idylle.
Aber es ist doch so:
Ich habe keinen Stall, keine Schweine, Pferde, Hühner ...
Und wenn ich welche hätte, wäre es mir lästig.
An so einem Abend wie heute, Scheißwetter, Regen.
Und dann noch in den Stall ...

Dabei sagt mir die Erfahrung, was für ein beglückendes Gefühl das ist,
Nüstern zu streicheln, ihnen etwas zuzuflüstern ...
Aber da ist der innere Schweinehund, der suhlt sich nebenan.
Wie ich mich auf dem Sofa lang gestreckt habe und lese ...
ein Buch in dem jemand etwas tut oder nicht tut, etwas geschehen lässt
und darüber nachdenkt warum er zuließ, was er niemals hätte zulassen
dürfen.
Die Umstände ...
ein Glas Wein
Kerzen
eine Ahnung, Blickwinkel, provisorische Streben das Gebäude aufrecht zu
erhalten.

Aber von was für einem Gebäude spreche ich denn?
Von mir natürlich. Es geht doch immer um das Ich. Dieses Fitzelchen Leben aus Haut und Knochen, Sehnen, Blut, finsteren Organen, die ihre geheimen Dienste verrichten und streng geheime Berichte verschicken, denen man gar nichts gutes tut, die man mit Fett und Zucker, Alkohol und Nikotin füttert, und möchte doch leben.

Mir reicht es für heute. Absolut. Da streikt jemand. Da will jemand keine weiteren Synapsen anregen. Gut so.

Paul: Notizblockeintrag / 6

Selbstfindung ist Scheiße.

Weil ich es so sehe, habe ich auch noch nie versucht mich zu finden.

Die Feststellung getroffen habe ich schätzungsweise Mitte der 70er Jahre, wo das so mächtig in Schwange war. Umherschwang. Geradezu unheimlich, furchterregend.

Ich bin mir lieber aus dem Weg gegangen. Zog durch die Kneipen und begegnete anderen, denen es genauso ging wie mir. Eventuell sind wir uns gemeinsam aus dem Weg gegangen oder haben uns neu erfunden.

Ganz schlimm waren die Sannyasin. Plötzlich liefen tausend Leute in orange herum. Die hatten natürlich auch keine Ahnung, aber lästig waren sie. Weil sie einen an die Ahnungslosigkeit erinnerten.

Die Suche nach sich selbst.

Ob ich jetzt da in die Ecke kotze oder dort gegen die Wand pinkele - überall Dunkelheit und Finsternisse.

Man will doch was ... aber was?

Man will doch hinter den Sinn des Lebens kommen.

Aber mich selbst, mich selbst außen vor lassen. Um mich herumtänzeln, möglichst elegant, mit sardonischem Lächeln, wenn überhaupt, besser mit unbewegter Mine den Finsterling spielen, den Undurchschaubaren.

Nichts als Widersprüche.

Wo ich doch täglich Umgang mit mir pflege.

Das ist es. Eigentlich. Wäre ich pflegebedürftig.

Alexander wird jetzt vor dem Computer sitzen und Sternschnuppen suchen.

Vielleicht setzt er sogar einen Fuß vor die Tür.

Und wenn er welche sieht?

Hat er seinen Wunsch vergessen. Den er sich natürlich vorher sorgfältig zurechtgelegt hatte. Umsonst.

Und selbst wenn ...

Selbstbetrug.

Auch so eine Masche.

Wir sind schon recht maschig gewebt, wir Menschen.

Eigentlich eine lustige Vorstellung. Ich, als Norwegerpulli. Mit Zackenmustern.

Die verschaffen mir Visionen.

Ich sehe Schafe, die über Klippen irren, steile Abhänge hinunterrutschen.

Zum Beispiel das Schaf Kari von den Lofoten.

Nun sitzt sie am Strand und bestaunt die Mittsommersonne.

Lässt sich von Außerirdischen entführen. Weil das Polarlicht von den Scheinwerfern der außerirdischen Raumschiffe stammt. Davon ist sie fest überzeugt.

Zu viel Gras ... munkeln die anderen in ihrer Herde.

Solches Gras also. Oder auch magische Pilze.

Ablenkungsmanöver.

Ich liebe das. Echt.

Und ist ja auch eine Methode.

Sehr raffiniert.

So bin ich zum Schaf geworden, eingesponnen in meine Träume.

Weit, weit weg. Fällt eine Tür ins Schloss. Wie man so sagt.

Es gibt Türen, die dann verschlossen bleiben.

Und dann bin ich Schaf für alle Zeiten.

Da kann man sagen, was man will.

Denn es ist fiktiv. In dem Augenblick, da ich es niederschreibe.

Alexander: Datentypist/ mit der Vorliebe für Formatierung

Heute ging Paul mir voll auf den Keks.
Aber das lasse ich ihm nicht durchgehen.
Er löcherte mich dauernd mit irgendwelchen Fragen.
Beantwortete aber meine wenigen nicht.
Okay, denk ich mir.
Soll er doch spinnen wie er will.
Von mir erfährt er nichts.
Mal sehen, wie er sich morgen daraufhin so verhält.
Ich jedenfalls werde schweigen.
Erst mal hören, wie seine Antworten ausfallen.

Paul: Notizblockeintrag / 7

Meine Lust nach dem Heterogenen, weil es meiner Vorstellung von Leben entspricht.
So möchte ich sein, unzusammenhängend wandelbar, immer anders.

Den Blick schärfen, bis du erkennst, dass kein Stück Seife dem anderen gleicht, selbst nicht die Maschinenerzeugten.

Das Abenteuerland ist zweigleisig. Innen wie außen.

Nach einem Gedanken greifen ....
Da hat der Wind ihn fortgeweht.
Zehn Jahre später triffst du ihn wieder in einem Buch.

Zuweilen kommt mir mein Leben vor wie ein Schiff, das niemals aufs Meer hinausfährt, wie es doch seine Bestimmung wäre. 1000 Zwänge = 1000 Anker, die mich fest auf Grund halten, deren Ketten heillos ineinander verschlungen ein Auslaufen unmöglich machen. Nur dann und wann lasse ich das Beiboot zu Wasser.

Kryptozoologie.
Zum Beispiel der Mothman. Von der Gestalt her einem Yeti nicht unähnlich, jedoch von tiefschwarzer Färbung, mit gewaltigen Schwingen, roten Augen.
Am 15. November 1966 wurde er erstmalig auf einem stillgelegten Fabrikgelände von Point Pleasant, West Virginia, gesichtet.
Als 13 Monate später die Silver Bridge, die die Orte Point Pleasant und Kanauga verband, einstürzte, 31 Fahrzeuge in den Ohio-River riss, wobei 46 Menschen ertranken, konnte es keinen Zweifel mehr geben.

In diesem Zusammenhang kommt mir in den Sinn, wie ich in den schottischen Highlands am Ufer von Loch Mullardoch stand und vergebens wartete ...
Typisch für mich. Immer den Dickkopf spielen.

Wenig später habe ich mir am Wellblechdach einer Schäferhütte das Ohr aufgeschlitzt. Da muss der Mothman dahintergesteckt haben.

So ist das im Leben.
(die weiseste aller Erkenntnisse, oder - vielmehr: Aussagen)

Ebensogut: es passiert nicht sofort.

Aus dem grauen Himmel stürzt es herab. Die Dinge sind nicht so, wie sie sind.
Wenn ich das nur von mir sagen könnte ...

Kunstgriffe.
Wie ein Ringer, der immer wieder seine Hebel ansetzt.
Dann legt ihn sein Gegner aufs Kreuz.

Worauf ich Lust hätte:
die Pandorabüchse öffnen, mich zu den Eulen in die Bäume setzen, Fratzen schneiden so viele ich kann, dann: abschaben, alle 3 & 17 & 4, bis auf die eine.

Die letzte Fratze, die ich mir, und mir allein übrig behalte.
Was da kommt, lässt sich nicht hinters Licht führen.

Orientierungslosigkeit.
In einer Wüste umherirren, in einem Wald, den dunklen Gängen einer Pyramide.

Minutiös notieren, alle Beobachtungen, alle Gedanken in ein Diktaphon sprechen, bis der Akku aufgebraucht ist, bis alles endet.

Schnitt.

Ein neuer Film.
So könnte etwas Großes seinen Anfang nehmen:

Es ist Nacht.
Du gehst durch eine kaum beleuchtete Straße, näherst dich einer Kellerbar.
Folgst einem inneren Impuls, öffnest die Tür, steigst die Treppe hinab.
Plötzliches Schweigen, Aussetzen von Gläserklingen, Stimmen und Musik.
Alle drehen sich zu dir hin ....

Alexander: Datentypist/ mit der Vorliebe für Formatierung

Gestern wär besser erst morgen gewesen. Dann hätte ich mich vorbereiten können.
Aber so war ich echt aufgeschmissen.
Es gibt Tage. Ach was.
Aber ist ja so. Es gibt Tage, die hauen dich einfach um. Und wenn ich mich verkrochen habe, kommt es vor, dass ich nach Mama heule.
Nicht laut. Aber doch so laut, dass ich es deutlich höre.
Der Arzttermin war später geplant. Aber dann ging alles Schlag auf Schlag.
Weil das Herzrasen anhielt. Ich nicht dagegen ankam. Also der erste Arzt, danach der zweite mit Diagnose. Und die sprach von einem Schlaganfall der kommen würde, wenn ich nicht ...
Und mir fiel mein Vater ein, der nichts von Ärzten hielt. Bis er am Boden lag.
Das will ich nicht. Ist klar.
Ich solle auf mich achtgeben. Der Arzt schaut mich an und schickt mich zu den Helferinnen wegen der Termine, die anstehen, wegen der Rezepte. Es liegt also an mir.
Das Denken auch. Positiv soll es sein.
Ach ja? Sich selber was vormachen, oder wie?
Ich werde mehr spazieren gehen. Ab morgen, oder übermorgen. Im Moment passt es nicht so. Da reicht mir der Gang zum Fluss. Die Bank ansteuern und sinnieren.
Überhaupt sollen mir alle wegbleiben mit ihren Dramen. Das macht nur den Kopf schwer.
Ich bin mir Drama genug.
Wenn sich jeder auf das eigene Drama konzentriert, hätte er es nicht nötig andere damit zu belästigen.
Ab jetzt nur noch ich. Das kann ich ja wohl mal verlangen. Von den anderen. Tun ja sonst nichts für mich.

Außerdem bin ich müde.

Ich sollte mich hinlegen. Und nachdenken. Über das Schöne beispielsweise. Wenn es mir denn einfällt.

Solche handfesten Sachen fallen Paul eher weniger ein. Was er so von sich gibt, ist teilweise sehr versponnen.

Andererseits hat so ein Spinner natürlich das große Glück auszubrechen aus seinem Denken.

Das gelingt mir eher schlecht.

Obwohl, es könnte mir gelingen. Ich müsste es zulassen.

Ich stelle mir öfter vor, dass ich nicht lebe sondern tot bin.

Dass mein Leben erst noch beginnt. Weil es hinter dem Totsein anfängt. Und ehrlich gesagt. Je öfter ich es mir vorstelle, umso plausibler wird es mir.

Nur weil irgendjemand gesagt hat, dass ich lebe, dass also irgendjemand festlegt, dass mein jetziger Zustand leben ist, muss es kein Dogma sein. Abgesehen davon möchte ich sämtliche Dogmen in Frage stellen. Das nur nebenbei.

Die Frage ist nur. Wie heißt das Verb?

Da ist das Leben. Ich lebe es.

Das ist das Totsein. Und?

Kann ich das Totsein leben?

Töten ja wohl nicht. Als Verb.

Braucht Totsein immer ein Hilfsverb? Das wäre unwürdig. Nicht angemessen.

Schließlich geht es möglicherweise um eine lange Zeitspanne. Die sollte schon ein eigenes Verb haben.

Da ist es wieder. Dieses sich Festbeißen. Im Kreis gehen. Endlos. Ich liebe es.

Es zermürbt mich. Nur kurzfristig. Dann verdränge ich es.

Aber es ist stärker als ich. Fordert mich heraus.

Darum hasse ich es, weil ich zu schwach bin, es immer zu lieben.

Paul: Notizblockeintrag / 8

Eine Aufforderung zum Tanz ...

Obwohl: jemanden auffordern, das macht doch schon lange keiner mehr ...

In der Tanzstunde, na schön, in gepflegter Langeweile gepaart mit zittrigen Knien, unterbrochen von pubertierenden Ohnmachtsanfällen. Oder in altmodischen Tanzcafés (ob es die überhaupt noch gibt? solche, wo die Oma wie ein Känguru hüpft, anschließend Kytta-Salbe von Hand zu Hand gereicht wird ...)

Für jede Ausschweifung zu haben. Das ist Alexander. Der Kreisgänger. Auch einer, der den sidestep beherrscht. Und zwar aus Gefühl ...

Feelin' groovy ... da da da da da da ...

Ein Verb fürs totSein ...

Ich grübelte nach ...
Töten käme ja wohl nicht in Frage.
Toten vielleicht ...
Ich lebe. Und ich tote.

Ich möchte aber nicht toten.
Ich möchte nicht für ewig den Unterweltfluss befahren und jede Nacht die Unterweltsschlange bekämpfen müssen.
Ich möchte tot sein.
Etwas endgültiges, einen Abschluss gefunden haben.
Gestorben möchte ich sein.

Jedoch:

Es gibt keine Wahrheiten, es gibt nur Ansichten.

Ich weiß zwar nicht mehr, wo ich das gelesen habe, aber ich stelle es mal so in den Raum.
Skepsis breitet sich aus.
Wie es aussieht, bin ich doch noch etwas befangen im Subjekt-Objekt-Denken, dem, was Nietzsche den Wahn der Hinterwäldler nannte ...

Apropos Nietzsche ...

Nun ist es mir wieder entfallen ...

Nein. Es ist wieder da. Auch wenn es nichts mit Nietzsche zu tun hat, nicht vordergründig.
Es geht darum, die gewohnte Erfahrung zu überspringen.
Das kann man erreichen, wenn man es nur will und den leeren Blick als den Schlüssel allen Werdens erkennt.

Der leere Blick als Schöpferkelle.

Es braucht nichts Großes zu entstehen. Als ich oben von etwas Großem sprach, das seinen Anfang nehmen könnte, so war das natürlich vollkommen übertrieben und auch nicht ganz ernst gemeint, nein, es braucht nichts Großes zu entstehen.
Wenn nur etwas Anderes entsteht, genügt es vollkommen.
Alles Große riecht nach Blut und Knochenmark.

Also: das Andere: das schaffe ich mir: hier
in der Kellerbar, die ich nun wieder betrete ...

Der Impuls war eine Eingebung: eine Zäsur: ein kurzes Innehalten mit Bindestrich -
daraufhin die Entscheidung aufgrund
allgemeiner Neugierde
der Kälte der Nacht: ihr zu entfliehen, wenigstens für einen Moment
Wärme suchen: etwas Aufwärmendes zu trinken: einen Wein: einen Kaffee: einen Schnaps
eventuell: die Nacht hinauszuzögern: einen Aufschub erreichen, wenn nicht gar: erzwingen

Hier breche ich (zunächst) erschrocken ab, weil es sich zu zerfasern beginnt und nach Aufklärung und Vorgeschichte schreit.

Später, wenn es sich ergibt, werde ich darauf zurückkommen.

Nein, es handelte sich keineswegs um eine Wendeltreppe.
Die Treppe beschrieb lediglich einen halben Bogen.
Erst als ich das untere Ende erreicht hatte, wurde ich den Anwesenden sichtbar, brach der Lärm ab.

Üblicher Kneipenlärm.

Angst ist ein Motor, der ins Stottern kommt.
Wenn du ihn abgewürgt hast, wird dir unheimlich.
Denn nun tritt Stille ein.

Stille. Gesichter, mir zugewandt. Warum?
Tagte hier eine Geheimgesellschaft, eine geheime Sekte, die blutige Geheimnisse zu verbergen hatte?

Es war voll. Alle Tische besetzt. Erstaunlich: für 2 Uhr in der Nacht.

Die besetzten Tische vergrößerten mein Angstgefühl.
Ich setze mich nicht gerne an einen besetzten Tisch, an die Theke noch viel weniger.
Ich will nicht stören, ich will nicht gestört werden.
Ich wollte auch jetzt allein sein. Ich wollte keine fragenden Gesichter. Ich wollte keine Gespräche. Ich wollte keine Angst.

ZWEI fingen meinen Blick auf.

Komm, setz dich zu uns, sagte der Eine, während er sich (mühsam) zu erheben versuchte.
Wir haben gerade darüber nachgegrübelt, was die Eingebung uns abverlangt.
Er lachte leise in sich hinein (manche Alkoholiker beherrschen diese Art des Lachens besonders eindrucksvoll). Dann betrachtete er seine Hände, die er am Tischrand aufgestützt hatte, als ob sie nicht zu ihm gehörten. Er schüttelte (resigniert?) den Kopf und setzte sich wieder auf den Stuhl.
So ein Quatsch, dröhnte die tiefe Stimme des Anderen. Gesoffen haben wir, weiter nichts. Höchstens, dass ich zwischendurch mal an die Beine von Tatjana gedacht habe.
ER stand wie eine Eins. Breitete die Arme aus.
Ich setzte mich zu ihnen.

Der Eine und der Andere.
Ich will sie Roth und Wyssozki nennen.
Zwei große Säufer.

Nichts anderes war zu erwarten gewesen.

Ich erwähne nun (füge ein, setze ergänzend hinzu), dass es Winter geworden war.
Es war Winter: tagsüber: der Himmel grau, die Sonne fand keine Wege.
Die einfallende Dunkelheit hatte mich in Bewegung gesetzt.
Ich war essen gegangen, hatte Wein getrunken, war lange noch da gesessen, hatte geschrieben und gelesen.
Dann war ich aufgebrochen, bin gegangen, wie man geht, wenn man seinen Schatten unter den Wolken sucht.

Bis hierhin.
Auch der Winterwind könnten mich hereingeweht haben.

Wenn es Winter wird, höre ich Wyssozkis Lieder.
Wenn ich traurig bin höre ich Wyssozkis Lieder.
Wenn ich melancholisch bin höre ich Wyssozkis Lieder.

Machte das einen Unterschied?

Die Melancholie ist das Flüsterstimmchen.

War ich melancholisch? Ja.
Kamen mir die beiden gelegen? Unbedingt.

Alexander: Datentypist/ mit der Vorliebe für Formatierung

Der gestrige Tag ebenso wie der vorgestrige waren ein Zustand des Schmerzes.
Zahnschmerzen sind Schmerzen. Das wird niemand bestreiten.
Ich frage mich, was die Menschen früher ohne Schmerzmittel gemacht haben.
Kamillesäckchen helfen schließlich nicht dagegen.
Schmerzen, die man nicht bekämpfen kann. Jedenfalls nicht mit Tabletten.
Seelenschmerzen. Dagegen gibt es nichts. Ich weiß das.
Nützt auch keine dicke Haut. Vielleicht wenn sie vorher da wäre.
Ist aber eigentlich ähnlich unnütz wie die erwähnten Kamillesäckchen.
Aber was hilft?
Vielleicht ist der Ausdruck verkehrt. Es sind keine Schmerzen. Es sind Qualen.
Und gegen Qualen hilft nichts. Die kann man nur weghauen.
Wahrscheinlich. Wenn sie sich das gefallen lassen.
Wohl besser, man haut sich selber weg, dass sie ihre Angriffsfläche verlieren.
Zwischendurch auftauchen und nachsehen ob man gereinigt ist, von allen Qualen erlöst. Wobei, Erlösung scheint jetzt auch nicht so angebracht.
Das wäre endgültig. Ich meine, dann wäre das Auftauchen ja unsinnig.
Davon abgesehen, dass es dann ja nicht mehr ginge.
Ich stelle fest, dass Zahnschmerzen bedeutend leichter zu ertragen sind.
Meine allerdings waren dermaßen heftig, dass ich sie fast von der gerade aufgestellten These ausnehmen muss.
Paul erzählte ich davon. Und er schien Mitleid zu haben. Mit meinen Zahnschmerzen jedenfalls.
Als ich die Seelenschmerzen, Verzeihung, Seelenqualen ins Spiel brachte, zuckte er mit den Schultern.

Wusste nichts dazu zu sagen. Verdammt, sag ich. Erfinden für alles mögliche was. Für das, was wirklich weh tut, haben sie nichts.

Da musst du durch, sagt Paul. Er hat mich nicht gefragt, wie ich drauf komme.

Ich hätte ihm keine Antwort gegeben.

Es geht ihn einen Scheißdreck an.

Es geht alle einen Scheißdreck an. Gibt ja nichts dagegen.

Also muss ich es nicht erzählen.

Auf die Art und Weise wird auch nichts plattgewalzt.

Bleibt alles imposant. Sofern Qualen imposant sein können.

Tolpatschig wie betrunkene Elefanten und misstrauisch wie die Affen sind wir Menschen.
Wie die Affen können wir uns aber auch öffnen, wenn wir einmal Vertrauen gefasst haben.
Dann pult man sich gegenseitig den Schmalz aus den Ohren und sammelt die Läuse aus dem Pelz.

So taten wir.
Weil wir Nachtgestalten waren.
Wer eine Nachtgestalt ist, weiß wovon ich rede.
Wer keine Nachtgestalt ist, liegt ohnehin seit längerem unter der Decke.
Wohl dem, der eine Decke hat, wenn der Herbst einbricht.
Noch wohler dem mit dem Dach über dem Kopf.
Womit ich nicht den Himmel meine.
Der steht jedem offen.
Manch einer entscheidet sich zum Gang unter die Brücken.
Andere stehen an der Bushaltestelle.
Ich habe einmal Schopenhauer dort stehen sehen, eine ganze Nacht hindurch.
Es war in einer kleinen Stadt, in der längst keine Busse mehr fuhren.
Irgendwann gegen morgen hat ihn sich ein Mädchen unter den Arm geklemmt.
Wenn die Einnahmen stimmen, können sie sehr mitfühlend sein.
Nein, das ist ungerecht, denn mitfühlend sind sie immer.
Weil sie Nachtgestalten sind.

So sitzen wir hier.
Auch einige Mädchen sitzen hier.
Manche haben ihr Soll erfüllt und trinken Cuba libre.

Andere liegen noch auf der Lauer.
Wie die Pumas in den Bäumen.
Bei uns Dreien könnte es sich um eine fette Beute handeln.

Ja. Ich bin immer noch dort.
Ich bin geblieben.
Ich werde bleiben, bis die Kellnerin ihre erschöpften Waden reiben wird.
Bis der Mann hinter der Theke den letzten Song ankündigt.

Ich bin beharrlich geblieben.
Wir haben geschwiegen, getrunken, haben schwarze Löcher in die Luft geblasen.
Dann drohte sie uns zu ersticken.
Dann begannen wir zu reden.
Wie die Stadt einen jeden heimholt.
Auch wenn wir Nacht für Nacht zu entkommen suchen.
Doch die Stadt ist eine Krake, du kämpfst noch eine Weile dagegen an, dann schmiegst du dich wohlig in ihre Arme.
Egal was kommt.
Die Stadt kann auch ein roter, gesottener Hummer sein, in den Leben zurückkehrt.
Dann springt er dich an, direkt aus dem Topf mit dem kochenden Wasser.
Dann geschieht etwas mit dir.

Ich könnte jetzt nach draußen gehen und den Vollmond anheulen.
Auch wenn es regnet, ununterbrochen regnet.
Und der Himmel der Bauch eines Geigenkörpers ist.
Der wie die einsame Trommel aus dem Dschungel klingt.

Ich weiß, ich sollte jetzt noch etwas besonders geistreiches mitteilen.
Ich habe aber schon genug geschrieben.
Irgendwann muss auch mal Schluss sein.

Alexander: Datentypist/ mit der Vorliebe für Formatierung

Was soll man davon halten, wenn man vor lauter Höflichkeit
Magenschmerzen bekommt.
Ich weiß, dass es davon kommt. Und doch. Ich bringe es nicht übers Herz
unhöflich zu sein.
Mit Paul ist es nicht leichter. Er verträgt sowas vielleicht. Ich weiß es nicht.
Der Ton macht die Musik. Das brachte man mir bei.
Manchmal stimmt der Oberton nicht so richtig bei mir. Das ist wahr. Aber
so im Durchschnitt bleibt er gewahrt, der gemeine Klang. Wie es sich
gehört.
Früher war es anders. Als ich jung war. Da dachte ich, es ginge nicht ohne
Weltverbesserei.
Die sollte möglichst von mir ausgehen. Ich war so einer, der begeistern
konnte. Der Zuhörer fand.
Nur wenn es drauf ankam, Begeisterung umzusetzen in Taten, waren alle
weg.
Dann stand ich allein mit meinen Thesen. Und musste mich rechtfertigen.
Ständig ging das so.
Das prägt.
Man lernt die Lauerstellung. Man fühlt sich im voraus angegriffen,
sozusagen.
Und verteidigt sich. Für das, was man erwartet. Irrsinn.
Vorhin habe ich meinen Mantel aus der Reinigung geholt. Die Frau, die
mich bediente, sah mich und strich den Stoff glatt. In diesem Augenblick
wäre ich gern das Stück Stoff gewesen.
Ich musste mich zusammenreißen, die aufsteigenden Tränen bekämpfen.
Sie erinnerte mich an meine Mutter. Wie sie mich streicheln wollte, ein
einziges Mal.
Damals. Sie schaute an mir vorbei, und ich fühlte ihre Hand auf meinem
Rücken.

Ich krümmte mich unter ihrer Hand. Sie war voller Gicht. Und ich wollte die Wölbung ausfüllen. Dass alle Finger mich berühren, die ganze Hand.

Ich schaffte es nicht, versuchte ihren Blick aufzufangen. Er blieb mir verwehrt. Sie hatte keinen Blick für mich. Vielleicht war ich ihr unangenehm.

Schließlich duckte ich mich seitlich. Dass ihre Hand in der Luft hängen blieb, erwartete ich.

Doch sie fiel einfach in ihre Schürze.

Wie eine Schwurhand, die den Meineid geschworen hatte.

Dass ihr die Finger abfallen sollten, wünschte ich mir.

Man darf keinen Meineid schwören. Sie hatte es mir beigebracht. Und man sieht den anderen an.

Sie hat mich nie angesehen.

Paul hab ich gefragt, ob er Gichthände kennt. Und ob man damit streicheln kann.

Ich bin sitzen geblieben neben ihm. Meine Hände ihm hingehalten.

„Meinst du, dass es Gichtknoten sind?"

Er wusste es nicht. Er hat sie sich auch nicht näher betrachtet. Obwohl es nicht ansteckend ist.

Ich habe noch nie gestreichelt. Auch nicht mit knotenfreien Fingern.

Auch keinen Meineid geschworen.

Oder doch?

Paul: Notizblockeintrag / 10

Manchmal sitzt man so da, und wartet auf eine Eingebung.
Es muss ja nichts besonderes sein ...

So saß ich da.
Aber es kam nichts.

Dafür (oder: dagegen) (nein: unbedingt dafür) gibt es Stimulanzien.
Zwei schwedische Mohntoast. Das eine mit Erdnussbutter, das andere
mit Brie.
Den Brie aber nur, weil die Erdnussbutter alle war.
Das konnte nicht funktionieren.

Also kehre ich dorthin zurück, wo ich eigentlich immer noch saß.
(erstens: das ist durchaus nicht unlogisch)
(zweitens: hier wird zu viel gesessen)
(drittens: gehe ich jetzt mal eine Runde pinkeln)

So bricht sich Bewegung bahn.

Es ist wie ein Aufstand der Gummibärchen.
Wenn die sich erst zusammenschließen ...

Gnade uns Götz, äh, tschuldigung, das war die automatische
Wortergänzung.
Ich meine natürlich Gott.
(wusste gar nicht, dass der Götz mit Vornamen heißt)
(ich vertraue der Firma Apple Inc.)
(hihi)

Ich komme vom Pinkeln zurück. Leicht schwankend, doch noch immer auf den Füßen.
Setze mich wieder an den Tisch ...
(es gibt keine Errettung vor dem ewigen Sitzen)
(Götz ist schuld)

Wyssozki stemmt sich wieder hoch
(ah!)
und singt ein Lied
(wieso denn nicht)

Wie ich seine Hände erst aufgestützt, dann in die Luft greifen sehe, fallen mir die Gichthände ein, von denen Alexander sprach.
Von der Gicht weiß ich viel, Alexander.
Als du mir davon sprachst, sagte ich nichts, weil du mich überraschtest. Nicht, dass ich es dir nicht zugetraut hätte solche Hände zu kennen - und zu spüren. Das vor allem. Es hat mich unvorbereitet getroffen, beinahe erschreckt. So schwieg ich. Sei mir nicht böse Alexander. Ich habe meine eigene Geschichte. Vielleicht erzähle ich sie dir, ein anderes mal. Doch glaube mir, ich weiß, wie es sich anfühlt eine solche Hand in der Hand zu halten, die Finger zu streicheln, jeden einzelnen, die Geschwulste an den Gliedern zu spüren wie Elefantenhaut.

Trauer und Traurigkeit
(nein, es hat nichts mit den Gichthänden zu tun)
es sind die Augen von Joseph Roth

Das Gehirn vermag einiges an Sprüngen zu verarbeiten.
Vom Wiener Südbahnhof ging es nach Triest.
7. Juli 1914: viele Wiener Familien hatten es nach Schulschluss eilig in den sonnigen Süden zu kommen.

Die Augen von Joseph Roth.

Doch keine Depressionen.
Auch wenn es zum Brouilly nicht mehr reichen sollte.
Den gibt es hier sowieso nicht.

Paul an Alexander

Ich liebe den Regen.

Wenn man ein Dach über dem Kopf hat, ist es ja gut. Da kann man im Trockenen sitzen und seinen Gedanken nachgehen.

Ich gehe ihnen hinterher, schlendere versonnen, ohne Eile. Sorgfältig vermeide ich es ins Laufen zu kommen.

Ich betrachte die Regentropfen, die auf dem Fenster sitzen, Reihen bilden, die solchen altmodischen Schnürvorhänge ähneln, wie es sie bevorzugt in etwas zwielichtigen Vorstadtkneipen, Eisdielen und Imbissbuden gab.

So jedenfalls sprechen meine Erinnerungen.

Es tauchen sogar sehr präzise Bilder auf, ohne dass ich ihnen Zeit und Ort zuordnen könnte. Auch weitere Zusammenhänge, etwaige Erlebnisse, die sich daran knüpften, fehlen. Das ärgert mich nicht wenig.

Ich betrachte einen einzelnen Regentropfen, der das Fenster hinunterrinnt um seinen Platz im Schnürvorhang zu finden und einzunehmen.

Der Tropfen reiht sich ein, was ich missmutig zur Kenntnis nehme. Ich hätte mir ein Ausbrechen aus dem gleichmäßigen Muster gewünscht.

Tatsächlich ärgert es mich gewaltig.

Gut so. Dann bin wenigstens ich aus dem Muster gelaufen.

Angeber: schimpfe ich mich.

Auch gut.

Kommen wir gleich zum Merksatz: Kein Mensch ist etwas besondereres als ein Regentropfen unter Regentropfen.

Aber man kann ja sein Denken haben ...

Ich liebe den Regen.

Auch wenn ich im Regen stehe.

Im Regen zu stehen, verschafft mir ein Verlorenheitsgefühl wie keines. Ich liebe es.

Dazu nun gibt es reichlich Erinnerungen, fielen mir ganz viele Geschichten ein. Ich will aber nur eine erzählen.

Wir waren jung. Wir waren zu dritt. Wir fuhren mit der Fähre über den Fluss um Abenteuer zu erleben.

Als wir drüben waren, begann es zu regnen. Es hörte nicht auf, es wurde immer schlimmer.

Wir hatten kein Geld um irgendwo hinzugehen, die zwielichtigen Kneipen, Eisdielen und Imbissbuden blieben uns verschlossen.

Wir waren aber fest entschlossen nicht aufzugeben. Die nächste Fähre zurück zu nehmen kam überhaupt nicht in Frage. Wir würden den Nachmittag über hier bleiben, das gebot uns unser Stolz.

Wir trotteten durch den strömenden Regen, bis wir einen Spielplatz fanden. Dort verkrochen wir uns in einem Holzhäuschen, dessen Eingang fast schon zu eng für uns war. Auch innendrin war nicht viel Platz, wir drängten uns aneinander, es war klamm und feucht, doch kein Gedanke an aufgeben: niemals!

Wir hatten zwar kein Geld, aber wir hatten eine Packung Zigaretten, das war schon verwegen genug. Wir rauchten und erzählten uns Geschichten vom Abhauen, von Tom Sawyer und Huckleberry Finn, Trampgeschichten von Jack London und Nelson Algren, vom wilden Leben.

Wir rauchten und erzählten und hielten durch. Ich werde es nie vergessen. Der Sand war feucht, von draußen rieselte es herein, aber wir hielten durch. Wir waren stolz.

Ich habe es noch nie jemandem erzählt, du bist der erste.

Was sind denn Abenteuer andere als dieses, frage ich dich.

Alexander an Paul

Paul hat mich gefragt, was Abenteuer sind.

In seinem Fall ging es um ein Abenteuer. Das stimmt wohl.

Genau genommen ist jeder zurückliegende Tag ein bestandenes Abenteuer, hab ich ganz salopp gesagt.

Ich wollte ihm aber dann ein richtiges Abenteuer erzählen, welches ich erlebt habe. Mir fielen keine Abenteuer ein.

Das darf doch nicht wahr sein, dachte ich. Mein Leben abenteuerlos ...

Abenteuerlich ist vieles.

Meinem Chef endlich mal die Meinung sagen. Zum Beispiel. Wäre zwar gut, doch kein Abenteuer. Ein Risiko wäre es. Würde mit Sicherheit nach hinten losgehen.

Paul meinte, es sei wichtig nicht aufzugeben. Durchzuhalten.

Lieber Paul, entgegnete ich, das kann man nicht verallgemeinern.

Doch, sagte er. Das passt immer.

Was willst du denn durchhalten, frage ich. Das Leben an sich, oder was?

Was ist, wenn ich durchhalte, und es war verkehrt?

Weil ich hätte abbrechen müssen, um mir nicht selbst zu schaden.

Das ist etwas anderes als im Regen zu stehen, um sich zu beweisen, dass man es aushält, wenn die Klamotten sich vollsaugen und man anfängt sich sowas von unwohl zu fühlen.

Ihr drei hattet die Lust euch zu beweisen. Gegen alle Widrigkeiten habt ihr eurer Lust gefrönt.

Sie war euch wichtig.

Was machst du aber, wenn dir die Lust abhanden gekommen ist.

Ohne Lust ist kein Abenteuer.

Ohne Lust ist die Pflicht.

Die Pflicht kann dich zermürben.

Die Lust hält dich aufrecht.

Mann, Mann, Mann.

Ein Datentypist eignet sich eben nicht. Für die heutige Zeit. Zum Abenteurer.

Er ist der Kandidat für ein langweiliges Leben.

Das ist so. Ich bin das Idealbild dafür.

Das ist wie mit der Liebe. Jeder faselt herum und bildet sich ein zu lieben. Hält sich für ein Idealbild. Was die Liebe betrifft.

Und meint deshalb, er würde geliebt. Schon, weil er sich natürlich für den idealen Liebhaber hält.

Liebe scheint mir das Gegenteil von dem, für das sie gehalten wird.

Muss doch so sein. Sonst wäre es nicht so schwer, sie komplett zu wissen.

Lass sie alle reden, hab ich Paul gesagt. Sie werden schon sehen, wie es ist mit der Liebe.

Wenn sie weg ist, wissen sie, dass es keine war.

Jedenfalls nicht die, die sie meinten bei ihren Faseleien.

Paul lächelte ironisch.

Hast du Ahnung von dem, was du erzählst?

Ja, verdammt. Ich hab Ahnung. Mehr als ich wollte.

Paul wirkte nun nicht mehr ganz so ironisch.

Kurz haben wir uns angesehen. Eine Spur Einigkeit.

Ich hätte ihm gerne von Klara erzählt. Hab es aber gelassen. Vielleicht ein andermal.

Vielleicht wäre sie ja mein einziges Abenteuer gewesen.

Die Lust jedenfalls war reichlich vorhanden.

Und nun? Ich sitze hier und fühle mich mies.

Die Liebe ist doch kein Abenteuer. Gerade das ist sie nicht.

Abenteuer sind doch einfach. Liebe dagegen aber nicht. Sonst könnte sie doch jeder beherrschen. Selbst ich.

Was beherrsche ich eigentlich? Weder Abenteuer noch die Liebe.

Nur leben, oder was?

Paul: retour

Der Mount Everest ist entzaubert und zur Müllhalde verkommen. Den Berg kannst du vergessen.
Bleiben Venedig und die Gondeln.
Abgedroschen. Denkt man zunächst. Aber dann -
die Kulisse geht immer.
Kulisse ist alles. Alles übrige Formsache.
Man setze sich ins Auto oder den fahrbereiten Zug
(jeder darf dir recht sein, jeder) ...
Zum Vorkosten genügen auch eine Flasche Wein und eine gehörige Portion Fantasie.
Wahrscheinlich begegnet man der Klara bereits auf der dritten Raststätte, die man anfährt, sagen wir mal - in der Gegend um Bozen. Oder sie steigt in Verona zu. Sie ist dir schon auf dem Bahnsteig aufgefallen, wie sie vor Kälte zitternd ihren Fuchspelz um die Schultern zog (es ist natürlich Winter)
(verschärfte Bedingungen sind allemal hilfreich).
Nun betritt sie dein Abteil und du möchtest sie am liebsten gleich in deine Arme schließen. In deine starken, beschützenden Arme ...
Es hängt alles davon ab, wie man so drauf ist.
Zu beachten sei nur folgenderlei:
Erstens: ein echtes Abenteuer sollte nie gut ausgehen dürfen, schlecht jederzeit, die Schwebe das formvollendet Anzustrebende.
Zweitens (und das nicht nur allgemein, sondern ganz grundsätzlich): die Liebe ist und bleibt das einzig wahre Abenteuer.
Zusammenfassend: der Berg hat abgedankt (und mit ihm alle Flüsse, Urwälder und Wüsten), die Gondeln (und mit ihnen die Kanäle, Eiffeltürme und Straßencafés) bleiben Staffage.
Nur die Liebe zählt
(habe ich das nicht schön gesagt?)

Alexander, vermute ich, hat sich bloß drumherumgemogelt mit seiner Klara.

Was ich ihm nicht verdenke. Er wird seine Gründe haben.

Vielleicht hat er ja das Abenteuer gescheut. Was ich schade fände.

Aber - was nicht ist, kann ja noch werden.

Also: auf nach Venedig!

Ankunft: 3.33 Uhr nachts.

Wenn das nichts wird, weiß ich's auch nicht.

(ich weiß es tatsächlich nicht und mach mich auf allerhand gefasst, der Alexander ist ein spitzzüngiger Lumpenhund mit einem messerscharfen Verstand)

Alexander schreibt

Es ist wichtig die Dämmung zu beachten. Sagt er mir. Wieso sagt er mir das? Nicht nur einmal oder zweimal.
Was sagst du mir das, hab ich gefragt. Mir musst du das nicht sagen.
Dann mach doch das Wichtige, und lass mich damit in Ruhe.
Dann sind die Fenster eben innenliegend. Na und? Wird keiner dran sterben.
Der, der es eingebrockt hat, ist längst gestorben.
Liegt im Sarg ohne Dämmung. Sollten Särge Dämmungen haben?

Ich habe Paul nicht verstanden. Hält die Liebe für das wahre Abenteuer. Ob er Recht hat?
Kann man die Liebe bestehen? Wie eine Prüfung? Ein Abenteuer?
Man kann die Liebe empfinden. Man kann sie leben. Erleben. Und dann?

Vorhin las ich, es sei so, dass jeder von uns eine Maske trage, hinter der sich das eigene unverwechselbare Ich befinde.
Das leuchtet mir ein.
Doch: weiß jeder von seiner Maske?
Und viel spannender die Frage, erkenne ich, wann der andere seine Maske abgelegt hat?
Vielleicht suche ich hinter ihm alles mögliche, dabei steht er schon nackt vor mir.

Auch muss ich unbedingt meine Maske genau kennen.
Nicht, dass ich nicht um ihre Maße weiß, und deshalb versuche, mich ständig weiter zu entblößen, obwohl das dann ja gar nicht erforderlich wäre.
Es wäre äußerst schlecht, dann würde ich ja schon mein eigenes Ich möglicherweise verletzen.

Das allerdings scheint mir ein Abenteuer.

Auf der Suche nach meiner Maske, den Zeitpunkt finden, sie fallen zu lassen.

Dass das wahre Ich hervortreten kann.

Auf der Suche nach deiner Maske, den Zeitpunkt finden, wenn deine Maske fällt. Du ganz du selbst bist.

Ja, das scheinen mir echte Abenteuer zu sein.

Um nochmal auf die Liebe zurückzukommen.

Ist sie in der Phase der Maskenträgerei da? Oder findet sie zum Zeitpunkt der eigenen Ichfindung statt?

Mein lieber Mann, das sind ja nun wirklich lohnenswerte Gedanken.

Von ihnen werde ich Paul morgen berichten.

Mich werden sie wachhalten. Verfolgen.

Es wird wohl eine unruhige Nacht werden.

Paul schreibt

Ich fürchte, der gute Alexander betrachtet das Leben aus der Sicht eines Leistungssportlers, sagen wir mal: eines Triathleten.
Die Liebe als Prüfung, die es zu bestehen gilt. Da hört sich doch alles auf! Zum Glück hat er es als Frage formuliert und schließlich vom Erleben gesprochen. Da war er auf der richtigen Fährte. Jawohl, man kann ein Abenteuer auch einfach nur erleben und - nicht zuletzt - genießen.
Auch wenn es hin und wieder gehörig zu schaukeln beginnt. Wie es in der Liebe geschieht.
Und darum bleibe ich dabei: die Liebe ist ein Abenteuer.
Man gewinnt einen anderen Menschen lieb, lässt sich auf ihn ein, alles weitere entwickelt sich. Es ist ein Sprung ins Ungewisse.
Dafür braucht es mehr Mut als für 20 km Radfahren
(obwohl: wenn ich so an meine Kondition denke ...)
(Schwamm drüber)
Die Devise der Liebe heißt: alles Vorsichtdenken über Bord werfen. Alle Prüfungsängste. Alle vorgebildeten Meinungen.

Mit der Maskerade ist es ganz eine andere Geschichte.
Wir maskieren uns, tragen etwas zur Schau.
Das kann sich innerhalb eines Tages von Situation zu Situation zigmal ereignen, wobei sich die Masken den Umständen entsprechend ändern.
Ich will mal ein Fallbeispiel geben:
Heute war ich bei der Bank, wollte mir einen Kontoauszug holen.
Der Apparat sagte mir, meine Karte sei verfallen, ich solle mich an den Schalter wenden.
Dann spuckte er die Karte wieder aus.
Ich schaute nach, der Apparat hatte unbedingt recht. Nur - warum hatte man mir keine neue Karte zugeschickt?
Na, ich würde es ja erfahren. Also auf an den Schalter. Maske aufgesetzt: Der hilfesuchende, etwas schusselige Paul, jedoch mit seriösem Auftreten.

Die nette junge Frau hinter dem Schalter nahm sich lächelnd meiner an. Auf dem Weg zum Schalter war mir der Grund des Ausbleibens meiner neuen Karte in den Sinn gekommen: ich war umgezogen und hatte es versäumt der Bank meine neue Anschrift mitzuteilen.

Da der Umzug bereits vor drei Jahren stattgefunden hatte, war der Maskenpunkt „Schusseligkeit" wohl hinfällig geworden. Also Haltung bewahren und umdenken, Impulsivität ins Spiel bringen. Die Karten auf den Tisch legen. Mit etwas Zerknirschung die soeben geahnte Vermutung äußern.

Es stellte sich als zutreffend heraus. Die Karte war an die alte Adresse geschickt worden, aber, wie die patente Frau hinter dem Schalter durch ein kleines Telefonat sofort herausfand, an die Zentrale zurückgegangen. Sie würde meiner neuen Adresse, die nun im Computer gespeichert wurde, unverzüglich zugesandt werden.

Maskerade beendet. Freundliche Verabschiedung.

Okay, Alexander, ich weiß, du hast an ganz andere Maskenaufzüge gedacht, wir werden darüber reden (gerne sogar), aber ich stelle mal die Behauptung auf: vom Prinzip her sind sie alle gleich.

Alexander antwortet nicht. Zur Bank ist er auch nicht gekommen.
Okay. War ja auch nicht so das Gelbe vom Ei, was ich da von mir gab. Eine Art Notnesterei.
Aber jetzt, wo er sich so gar nicht meldet, mach ich mir Sorgen.
Ob er wohl wieder leidet? Das tut er ja oft und gerne.
Diesmal könnte es die Hitze sein. Die ist auch fast kaum zu ertragen.
Jedenfalls frisst sie einem den Kopf auf und stopft Stroh rein. Da muss man dann aufpassen, dass es sich nicht entzündet.
Ich sitze auf der Bank und sehe den Hunden beim Leiden zu zu.
Nichtmal Lust zum Kacken haben sie.
Das wird böse Folgen haben. Sie werden ihre Herrchen und Frauchen beißen.
Nachrichtensprecher werden mit überschnappender Stimme von einer Epidemie reden. Man wird eine neue Zeckenart ins Feld führen.
Nachrichten werden gemacht.
Diese Formulierung kommt nicht von ungefähr.
So entstehen Kriege, so werden Kriege erklärbar gemacht.
Hoffentlich haben sie gut geschissen. Im weißen Haus, im Bundeskanzleramt, im Kreml.
In diesem Sinne, lieber Alexander, wünsche ich dir alles gute. Wo auch immer du seist.

Alexander schreibt:

Ich hab vielleicht einen Stress! Eine Katze hat man mir aufs Auge gedrückt. Das hat mir gerade noch gefehlt. Emil, ein alter Kumpel, hat mich weichgeklopft.

Er sei nicht mehr in der Lage die Katze zu halten. Hätte nicht genug Kohle ihr Futter zu kaufen. Stimmt wohl. Hat sich seine Mini-Rente mit Wagenschieben am Supermarkt aufgebessert. Der wurde dichtgemacht. Und das wars dann für Emil.

Jimmie heißt sie. Wie jetzt, Jimmie? Also doch ein Kater oder nicht?

Emil erklärte mir, sie sei eine Katze, deren Erstbesitzer unbedingt einen Kater haben wollte, der Jimmi heißen sollte. Weil ihm aber nur Jimmie angeboten wurde, hat er dem Namen ein e beigefügt.

Jimmie mit e ist ein Biest. Erst spielt sie mit mir. Dann schlägt sie mit der Pfote nach mir. Mein Arm ist mittlerweile voller Striemen. Ich hab ihr gesagt, dass sie rausfliegt, wenn sie so weitermacht. Und Spielverbot hab ich mir auferlegt für die nächsten Tage.

Wär ja noch schöner, wenn ich mich von einer Katze entstellen lassen würde.

Bin fast eine Woche nicht rausgekommen. Musste die Wohnung kratzsicher machen. Von zwei Sesseln hab ich mich getrennt. In deren Rücken hat sie täglich gehangen und Klimmzüge gemacht. Der ganze Stoff kaputt.

Daraufhin hab ich einen riesigen Kratzbaum angeschafft. Steht in der Wohnzimmerecke. Das Wichtigste aber ist das Katzenklo. Meine Güte was kann eine Katze pingelig sein.

Hatte vergessen es sauber zu machen, da geht das Biest hin und kackt in den Blumentopf. Ich war stinksauer. Auf mich aber auch. Jetzt also jeden Tag mit Schüppchen im Katzenklo wühlen und die verpinkelten Sachen rausangeln.

Konservenfutter steht in rauen Mengen bei mir rum. Das Tier soll ja nicht verhungern.

Das größte Problem ist der Freigang. Den hab ich uns beiden noch nicht zugetraut.

Was, wenn sie nicht heimfindet, weil vielleicht irgendsoein hergelaufener Kater ihr den Hof macht. Kastriert ist sie übrigens auch nicht. Hab mir eine Transportbox angeschafft. Für einen Tierarztbesuch oder so. Die Probe hat nicht geklappt. Sie hatte keine Lust sich in die Box zu begeben. Und ich keine Lust auf weitere Striemen.

Na gut, wird schon irgendwann klappen. Ich muss mir noch ein paar Tricks ausdenken, wie ich sie überlisten kann. Emil wollte ich fragen, ob er jemals mit ihr beim Arzt war, doch er ist wie vom Erdboden verschwunden. Wahrscheinlich geht er extra nicht ans Telefon. Hat womöglich Angst, dass ich ihm seine Jimmie zurückbringen könnte.

Morgen werd ich sie längere Zeit allein lassen. Muss unbedingt mal wieder zur Bank und Paul treffen. Der wird mich sicher schon vermissen.

Kann ich ihm gleich berichten, dass ich mich tierisch aufgeregt habe.

Was haben wir eigentlich für Leute im Rathaus sitzen?

Die sind doch völlig unfähig. Machen sich seit neuestem einen Kopf ob sie 104 Bäume fällen sollen oder nicht. Nicht, weil diese krank sind.

Nee, weil so ein Schlagerfuzzi ein Open Air Konzert machen will. Und da gibt es angeblich nur dort ausreichend Platz für die Besucher, wo die schönen Bäume stehen.

Ich glaubs ja wohl nicht. Dass sie das Anliegen nicht schon im Vorfeld abgeschmettert haben. Aber ist ja klar. Geld regiert die Welt. War ja schon immer so.

Wär ich jung, würd ich ne Demo machen. Aber jetzt im Alter und bei dieser Hitze. Nee, das sollen andere machen. Ich hab mich genug echauffiert im Leben.

Jimmie, was sagst du denn dazu? Ist ja schon reizend, wenn sie so schnurrt und mir um die Beine streicht.

Na komm, ich kraule dich. Aber wehe ...

Heute habe ich Holz zersägt. Um die Mittagszeit, weil ich so lange geschlafen hatte.

Und die Luftfeuchtigkeit lag bei 65%. Tendenz steigend, weil ein Gewitter im Anzug ist.

Ich liege im Gartenstuhl und schwitze vor mich hin. Warte darauf, dass der Kaffee kalt wird, den ich in den Kühlschrank stellte, dann gibt es Eiskaffee. Darauf freue ich mich und kann an nichts anderes denken.

Dabei hatte ich mir genau das für heute vorgenommen: denken. Mir schlaue Gedanken machen. Damit ich Alexander etwas zu bieten habe. Ich freu mich nämlich unbändig ihn wieder unter den Lebenden zu wissen. Noch dazu mit Zuwachs. So ein Tier wirkt ja doch ungemein aufmunternd. Man ersieht es allein schon an seinem letzten Schreiben, was man da erleben kann. Ich dagegen -

bin vorletzte Nacht einmal mehr in der Kneipe gewesen. Bis zum Morgengrauen.

Dabei ist der Morgen gar nicht grau gewesen. Er war von einem geradezu aufreizenden blau, richtig unverschämt.

Wieder eine Nacht vertan ...

Das sagt man so, dabei stimmt es gar nicht. Wir haben gesoffen und gesungen, wir haben uns sehr lebendig gefühlt, ausgelassen.

Der Morgen danach (der blaue) war ein Stinkstiefel. Ich hätte wach bleiben sollen. Klar - irgendwann hätte es mich doch erwischt. Irgendwann fallen einem doch die Augen zu, und wenn man dann erwacht, ist man nicht richtig da, geht einher wie ein Zombie und fragt sich, ob man je wieder zu sich findet.

Kein sehr gutes Gefühl. Und eigentlich nur mit literweise Wein zu besänftigen. Wenn nur die Folgen nicht wären. Im Grunde kennt man das schon seit dem ersten Mal. Bei einem so langen Leben, wie ich es hinter mir habe, sollte es mich also nicht verwundern. Und da es mich stört, hätte ich es ja vermeiden können. Wenn der Moment zwischendrin nicht wäre ... dieser eine Moment, der unbezahlbar ist. Wenn man Glück hat, sind es sogar zwei oder drei.

Rauschzustände, auf die ein Mensch nicht verzichten kann. Wahrscheinlich trifft das sogar auf alle Lebewesen zu. Wahrscheinlich setzt sich der ganze Kosmos aus solchen Momenten zusammen. Wenn man das zugrunde legte, würde vieles verständlicher werden. Alles.

Ich werde mir noch einen hübschen Schuss Eierlikör zum Eiskaffee genehmigen.

Und wenn es wider Erwarten doch keinen Regen geben sollte, mache ich mich danach auf den Weg zur Bank. Vielleicht treffe ich Alexander. Der mir von Jimmie erzählen wird. Der vortrefflichsten aller Katzen.

Alexander: Datentypist/ mit der Vorliebe für Formatierung

Sind uns um den Hals gefallen. Paul und ich.
Ich hab ihm alles über Jimmie erzählt. Und er von seiner Holzsägerei.
Als er anfing übers Saufen zu philosophieren, hab ich ihm meine Striemen gezeigt.
„Von wegen denken. Schaff dir ein Tier an", hab ich gesagt, „ da denkst du alles richtig zu machen, und dann wischt dir so ein Tier ein paar, und du bist zurück in der Wirklichkeit."
Und dann erzählte er mir von seinen Fischen im Teich. Sie, die Fische, hätten eine Diktatur gegründet, oder sowas ähnliches jedenfalls. Und Kannibalismus herrsche dort auch.
Ich hab nur den Kopf geschüttelt.
Ich sollte mal mit Jimmie vorbeikommen, dass sie mal Attentäter spielen kann. Wäre wohl angebracht bei den diktatorischen Verhältnissen dort.
Der gute Paul. Hat sich das Rauchen immer noch nicht abgewöhnt.
Dabei ist es ganz einfach. Hab heute gelesen, dass beim Rauchen keine Abhängigkeit entsteht. Man könne von heute auf morgen aufhören damit, wenn man sich klarmacht, warum man raucht.
Man kann krank werden durchs Rauchen, klar.
Doch Nikotin mache weder körperlich noch psychisch süchtig. Es sei eine Kondtionierung, die man ersetzen könne durch eine Ersatzhandlung, die weniger schädlich sei. Man müsse auch nicht völlig aufhören, sondern könne zum bewussten Gelegenheitsraucher werden.
Zitat:
"Die Konditionierung lautet: „Ich rauche - also bin ich erwachsen, mündig, selbstbestimmt und männlich."
Paul hat mich mit hochgezogenen Augenbrauen angesehen.
Ich hab mir dann auch erst mal eine angesteckt.
Wahrscheinlich, weil ich immer noch nicht erwachsen bin.
Und meine Selbstbestimmung hat Jimmie mir vermasselt.
Tja, so ist das.
Das Alter schützt vor Torheit nicht. Auch so ein wahrer Satz.

Ich betrachte eine Fotografie, auf der Hitler und Speer zu sehen sind, wie sie ein Modell der zukünftigen Welthauptstadt Germania betrachten.
Hitler wird das genügt haben. Er wollte nicht bauen, er wollte Krieg und Untergang.
Den Krieg wollte er, weil sein eigenes Kriegserleben die schönste Zeit seines Lebens war. Das wollte er auch allen anderen gönnen. Den Untergang wollte er, weil er ein Opernenthusiast war. Den Weltenbrand, die Götterdämmerung wollte er erleben. Das hat er erreicht. Ein erfülltes Leben.
Als seine Generäle Frankreich in so kurzer Zeit besiegt hatten, wird er sehr enttäuscht gewesen sein. Es mussten andere Ziele her, Utopisches veranschlagt werden.
Seine Generäle haben das nicht verstanden. Ergingen sich in Plänen, Machbarkeitsstudien. Was für Narren.
Seine Paladine waren dem noch weniger gewachsen. Am ehesten wohl Goebbels vielleicht, zuletzt. Doch wenn man an den perversen Himmler und den großspurigen Göring denkt, die sich zum Schluß noch den Siegern anzubiedern versuchten, wird einem nur schlecht.
Hitler hatte erreicht, was er wollte. Ich sage es ja: ein erfülltes Leben. Ich glaube sogar, dass er in der Lage gewesen wäre, das zu tun, was der Rundfunk vermeldete, in heroischem Kampf an der Spitze seiner Soldaten zu fallen. Doch er wollte keine Trophäe werden, keine Ikone. Weder den Siegern noch den Besiegten. Keiner war es ihm wert.
Hitler hat erreicht, was er wollte.
So etwas gelingt den wenigsten Diktatoren. Die meisten enden doch eher traurig, fast möchte man Mitleid mit ihnen haben.
Natürlich hat mich Alexanders Hinweis auf die Zustände im Teich auf diese Gedanken kommen lassen. Ich hätte schon zuletzt beinahe davon geschrieben, wollte aber noch etwas zuwarten, bis sich ein klareres Bild ergibt.

Die Parallele zu Animal Farm vor Augen. Alle Tiere sind gleich, nur manche sind gleicher. Eigentlich eine zu banale Formulierung. Stalin zum Beispiel hat sich niemals gleicher gefühlt. Er hatte eine Möglichkeit gefunden, seinen Sadismus auszuleben, damit war es für ihn gut. Und auch er führte ein erfülltes Leben. Nur, dass er keinen so glänzenden Untergang fand wie sein ehemaliger Kontrahent.

Wir dürfen jetzt ruhig einmal darüber nachdenken, ob es so etwas wie Gerechtigkeit gibt. Und das scheint mir noch das wenigste zu sein.

Ich mach mir jetzt einen Kaffee, dann gehe ich rauchen. Völlig unbesonnen.

Alexander schreibt

Ein erfülltes Leben haben. Wer will das nicht? Man kann sich mit allem vollstopfen, was einem (vermeintlich) guttut.

Nur rechtzeitig aufhören sollte man können, bevor man kotzt oder überschnappt, weil man sich überschätzt.

In den Fällen, die Paul nannte, bin ich überfragt.

Ich weiß nicht, ob ich das Leben erfüllt nennen kann, wenn es sich nur um meine Selbstbefriedigung dreht.

Und Gerechtigkeit ist ein großes Wort. Es gibt keine Gerechtigkeit, davon bin ich überzeugt. Jeder weiß um Gerechtigkeit. Fragt sich nur, welche er meint.

Individualität braucht soziale Kompetenz.

Erst wenn alle Menschen diese haben kann es Gerechtigkeit geben, werden Kriege nicht mehr geführt. Wie man sieht, sind nur wenige ausgestattet mit dieser Fähigkeit. Inkompetente Politiker an vorderster Stelle.

Unfähig war ich heute auch. Jimmie ist immer noch nicht in der Transportbox gewesen. Ich hab mich nicht getraut, sie einfach hochzuheben und sie hineinzusetzen. Aus Furcht vor erneuten Verletzungen.

Aber im Notfall wird es schon klappen, denke ich mir. Da wachse ich hoffentlich über mich hinaus.

Heute stand mir der Sinn nach einem Hoodie.

Kapuze über den Kopf ziehen, und die ganze Welt für eine Weile wegschalten.

Dass ich mich selber mal ansehen kann. Meine Blicke treffen nur mich.

Dass ich dabei ein paar Flecken auf meiner Hose entdeckte, machte dann auch nichts mehr aus.

Ich kann es nur jedem empfehlen. Tut sehr gut. Und andere sehen ja nicht dein Gesicht, das du dann machst.

Mir geht die Gerechtigkeit nicht aus dem Kopf.

Ich kannte einen Schiedsmann, der mich fragte, ob ich Streit oder Einigung suche, als ich mich echauffierte, weil mir alles in einer bestimmten Sache ungerecht erschien.

Ja, du lieber Himmel. Natürlich wollte ich Einigung. Aber hätte ich mich dem Unrecht beugen sollen? Um des lieben Friedens willen nachgeben? Und was sagt die soziale Kompetenz dazu?

Die Faust in der Tasche machen. Das hab ich gelernt. Und mich Scheiße gefühlt dabei.

Hätte sie besser allen gezeigt, statt mir selbst damit zu drohen, die Faust. Jimmie hab ich sie noch nie gezeigt. Ich mag sie einfach zu sehr.

Ich habe heute meine Zeit veranschlagt und festgestellt, dass ich im Überfluss lebe.

Weil das so ist, habe ich meine Spam-Mails diesmal nicht einfach nur gelöscht, sondern vorher die Überschriften gelesen.

Ich könnte auf der Bitcoin-Welle mitschwimmen, meine Immobilien verkaufen, Gelenkprobleme lösen, mir schöne neue Zähne anschaffen und mich auf dem neuesten Partnerportal umsehen.

Ich verwerfe diese verlockenden Angebote, lasse sie im Papierkorb verschwinden und kehre in meine Zeit zurück. An den Teich. Denke über die Frösche nach, die, ich will nicht zu hoch greifen und von sozialer Kompetenz sprechen, aber doch über ein ausgeprägtes Miteinander verfügen.

Die Konzerte des vergangenen Mai sind legendär. Schade, dass Alexander sie nicht miterlebte. Gestern aber habe ich ihn auf ein Fläschchen Wein eingeladen. Doch nun, Anfang Juni, sind nur noch sehr wenige Frösche übrig geblieben. Ich bin mir allerdings nicht sicher, ob die Vermissten abgewandert sind oder einfach nur verstummten. Abgetaucht, wie man so sagt, womöglich um ihre Stimmen zu schonen für ein bevorstehendes Comeback.

Alexander hat mir vorgeschlagen eine Fahne für die Frösche anzufertigen. Dummerweise habe ich ihn nicht gefragt, welche Vorstellung er damit verbindet. Ob er wohl glaubt, dass die Verschollenen sich um sie scharen werden? Ich werde ihn danach fragen. Kann mich aber noch lebhaft erinnern, wie er einen Stuhl zum Teichrand schob und zu zählen begann:

seid ihr dero sieben
eins
zwei
nein

Ich werde dies als Motto für die Fahne nehmen. Es kommt auf die Rückseite. Von der Vorderseite soll ein großer grüner großäugig breitmäuliger Frosch leuchten.

Gleich mache ich mich an die Arbeit.

Ich werde auf extradickem Papier malen, DIN A3, die beiden Seiten zusammenkleben und an einem Bambusstab befestigen.

Zur Einweihung lade ich Alexander wieder ein. Zur Feier des Tages kommt eine Flasche Cinzano auf den Tisch, gerne auch zwei, und ein Kübel Eis.

Der Juni verspricht weiterhin Hitze und hohe Luftfeuchtigkeit. Die verbliebenen Frösche versichern sich ihrer Anwesenheit.

Hallo, Fredy, bist du noch da?

Klar, Horst, ich sitze hier drüben. Komm doch mal vorbei ...

Alexander schreibt:

War das ein schöner Abend gestern. Paul hat doch tatsächlich die Fahne für die Frösche gemacht. Toll ist sie geworden! Paul hat es echt drauf. Wir haben sie gebührend begossen. Und das tierisch laute Quaken, das sich einstellte bedeutete wohl nichts anderes als allgemeine Zustimmung der Krachmacher.

Nebenbei: Jimmie macht Fortschritte. Sie hat die offene Transportbox mit ihren Vorderpfoten betreten. Sich umgeschaut und kehrt gemacht. Aber immerhin.

Auch kann ich mittlerweile aus dem Haus gehen, ohne dass sie in der Zeit etwas anstellt.

Morgen geht Paul zum Dressurreiten.

Ich musste mir das Lachen verbeißen. Nie im Leben würde ich da hingehen. Aber zu Paul passt es irgendwie. Er würde auch den Fröschen das Steppen beibringen, davon bin ich überzeugt. Nur müssten sich geeignete Exemplare finden. Seine Teichrowdies jedenfalls sind völlig ungeeignet. Die lassen sich nichts vorschreiben. Weil sie kluge Kerlchen sind.

Im übrigen kann ich den Cinzano rosso empfehlen. Kannte ihn gar nicht. Ist aber ein wirklich feines Tröpfchen.

Wir kamen prima ins Fabulieren dabei. Stellten fest, dass es wohl keine Spelunken mehr gibt. Das ist bedauernswert. Denn wo kann man besser über Gott und die Welt aufgeklärt werden als dort.

Alles reglementiert in diesem Land. Aufruhr findet nur selten statt. Gesättigte Untertanen.

Wir saßen und schauten in den Himmel, und es geschah Aufregendes. Der Mond war zwar immer noch verschwunden, dafür sahen wir die ISS. Paul meinte, es sei doch nichts besonderes in so einem Ding die Erde zu umkreisen. Es fehle echtes Entdeckertum. Da hab ich ihm Recht gegeben. Wär schon toll, wenn man mehr Einblicke ins Weltall bekäme.

Wir können nicht mal den Jupiter besuchen. Und von den Asteroiden wissen wir auch nicht sonderlich viel.

Einer wird uns um 80000 km verfehlen. Im Jahre 2080. Der ist aber bekannt. Was ist mit den noch unentdeckten. Sie treffen uns Unwissende hoffentlich nicht. Wär ganz schön übel für uns.

Mein Heimweg am frühen Morgen verlief äußerst beschwingt. Wenn ich das mal so ausdrücken darf ...

Paul schreibt

Gestern haben wir uns gemeinsam das Eröffnungsspiel der Fußballweltmeisterschaft angesehen, Alexander und ich.
Russland gegen Saudi-Arabien.
Wir erfuhren, dass der Fußball auf der arabischen Halbinsel mittlerweile das Kamelrennen als Lieblingssportart abgelöst habe. Das nutzte den schmächtigen Wüstensöhnen allerdings wenig, denn die russischen Spieler waren allesamt groß und böse und nahmen ihnen ständig den Ball fort, was auch dem Fernsehkommentator nicht entging, der mit einigen spitzen Andeutungen von wegen Doping und so gegenzuhalten suchte. Nicht wenige Köpfe hierzulande scheinen Stalingrad noch immer nicht verarbeitet zu haben. Den Präsidenten Putin focht das gar nicht an, auch der saudische Scheich, der uns als Kronprinz vorgestellt wurde, machte gute Mine zum bösen Spiel. Er und Putin schienen wohl einen Deal am Laufen zu haben: für jedes russische Tor verpflichteten sich die Saudis ein russisches U-Boot zu kaufen. Bei jedem neuen russischen Treffer hob der kronprinzliche Scheich beschwörend die Hände zum Himmel, als ob Allah helfen könnte, doch Putin ließ keine Gnade walten, hob seinerseits die Hände: ja, sorry auch ...
Aha! Darum also hatten die Russen in der Vorbereitung so schlecht gespielt. Schlau und verschlagen wie eh und je, diese verdammten Bolschewiken.
Zum Schluß hatten es der Kronprinz und der Präsident drangegeben und hielten sich innig bei den Händen, über den Schoß des gequält lächelnden FIFA-Präsidenten hinweg, der eingequetscht in ihrer Mitte saß. Ja, so wird Politik gemacht, da können sich die unseren eine Scheibe von abschneiden. Das werden sie wohl auch. Zumindest die Kanzlerin wird ihren niederen Instinkten folgen und sich ins deutsche Mannschaftsquartier aufmachen. Zu retten was zu retten ist, bevor die Bayern ihre eigene Nationalmannschaft ausrufen.

Am Teich ist es langweilig geworden. Es sind nur noch zwei Frösche da. Die anderen sind auf Wanderschaft. Kann aber auch sein, dass sie eine Spelunke haben, aus der sie jetzt vier Wochen lang nicht rauskommen werden. Bis der letzte Elfmeter verschossen ist.

Apropos ... eben ist einer der Frösche nach einer Libelle gesprungen, hat sie aber verfehlt. Den bin ich jetzt wahrscheinlich auch los, der geht jetzt seinen Frust ertränken.

Und ich geh mir gleich das Dressurreiten begucken. Ich werde berichten ...

Wir sehen uns beim Spiel Deutschland - Mexiko, oder? Der Cinzano ist kaltgestellt.

Was jetzt nicht politisch gemeint sein soll.

Alexander schreibt

Die aufgeplusterte CSU versucht sich an Merkel. Die kann einem ja schon fast leid tun. Aber nicht umsonst war sie Helmut Kohls "Mädchen". Sie wird das schon hinkriegen. Das Aussitzen ist zwar etwas schwierig in diesem Fall, aber irgendwann klappt auch das dann wieder.
Wenn nur die kommende Landtagswahl nicht wäre. Aber noch ist Bayern nicht verloren ...
Jimmie war der absolute Hammer heute. Sie ist mir auf die Schulter gesprungen.
Und ist sogar eine Weile dort liegengeblieben. Ich war total gerührt.
Weißt du, hab ich zu Paul gesagt, sowas ist schöner als der ganze Fußballscheiß.
Da ist nichts mit Korruption, das meint sie wirklich so.
Ach was, sagt der darauf, sie weiß wahrscheinlich, dass sie nichts Gescheites zum Fressen bekäme, wenn sie nicht ab und zu mal nett ist.
Übrigens darf der Schlagerfuzzi doch nicht auftreten. Die Bäume dürfen bleiben.
Jetzt sind die Schlagzeilen allerdings noch größer.
Es sei für die Stadt ein riesiger Schaden entstanden. Und erst der Imageverlust!
Da könnte mir glatt der Kaffee hochsteigen, aber ich reg mich nicht mehr auf.
Vom Dressurreiten hat Paul erzählt. Ich hab nur halb hingehört. Muss ihm aber recht gut gefallen haben.
Ich komm über den Mond nicht weg. Hat mich schon immer fasziniert. Und in der Nacht steh ich so auf dem Balkon und paffe noch eine, da seh ich ihn doppelt.
Den Mond. Und je länger ich hinsehe umso mehr kriegt die rechte Doppelhälfte Fransen. Später als ich nochmal draußen bin, das gleiche Bild. Und Cinzano hatte ich nicht getrunken.

Ich hab die Schlafzimmertür nicht geschlossen, aber Jimmie ist nicht gekommen.

Ob ich mir einen Hund anschaffen sollte, hab ich mir kurz überlegt. Aber das werde ich nicht tun.

Emil hat vorhin angerufen. Er wollte wissen, wie es Jimmie geht. Ihm selber scheint es gut zu gehen. Er philosophierte wie in alten Tagen.

Er geht seit kurzem zu Philosophievorträgen. Das ist seine Welt. Er weiß nur noch nicht ganz hundertprozentig, welcher Theorie er glauben soll.

Ich meine, solange ich nur glauben kann, ist es müßig sich einen Kopf zu machen.

Erst wenn ich weiß, bin ich da wo ich hin will. Es wird schon werden, ich hab schon einiges Wissen erworben. Ist gar nicht schwierig, man muss nur warten können, dann wird das schon. Wozu soll ich also irgendeinem Glauben nachlaufen? Da erzählen sie dir wer weiß was für unsinniges Zeugs, und du opferst deine Zeit dem nachzugehen. Alles Quatsch.

Abwarten und Tee trinken, oder in meinem Fall vielleicht Kaffee oder so.

Alexander hat mir erzählt, dass es ungefähr zehn Trilliarden Sterne gibt.
Typisch, dass ihn so etwas interessiert.
Typisch auch, was er (von einer leicht spöttisch wegwerfenden
Handbewegung begleitet) noch hinzufügte: dass wir viel zu wenig wissen.
Dafür wird heiß und innig geglaubt: an Allah, an größenwahnsinnige
Präsidenten, an hoffnungslose Fußballmannschaften, an alles gleichzeitig.
Später fließen die Tränen.
Immer noch besser als Blut, will ich mal meinen.
Aber die Geschichte ist noch nicht aus.
Das Spiel schon.

Da kam mir ein Buch von Horst Janssen in die Hände. Das Witzwort-Buch.
Witzwort, Eiderstedt. Da hat er wohl mal gewohnt, in einem Haubarg. Den
er auch sehr schön zeichnete.
Aber darum geht es jetzt nicht. Es geht um eine Geschichte, die er
aufschrieb, in diesem Buch abdruckte, die er seinem Sohn erzählte. Eine
Geschichte vom Adler und von der Taube, diversen Wettflügen und
Wettrennen (der Igel und der Hase tauchen auch auf).
Ziemlich konfus, das Ganze.
Aber der Ausgangspunkt! Dieser Ausspruch:
Der Glaube beginnt da, wo das Denken aufhört.
Ich habe nachgeblättert. Das stammt von Kierkegaard. Typisch für ihn.
Ein dummer Spruch, der gleichzeitig Platz für Gescheitheiten bietet.
Denn so dumm ist es gar nicht, wenn man genauer darüber nachdenkt.
Es hat mich nur das Denken gestört. Weil einer der glaubt ja doch auch
denkt.
Also das Denken ersetzen.
Der Glaube ersetzt den Zweifel.
Doch es geht noch weiter:
Wo du glaubst, sprach der Adler zur Taube, da denke ich noch.

Da war ihm die Taube bereits voraus.

An dem Punkt nämlich wird das Denken erst richtig groß.

Der Adler stürzte aus den Lüften, aus den Wolken, den Höhenflügen.

Ich weiß nur nicht, ob das die Taube glücklich machte (oder ob wir ihr Glück wünschen sollten).

Der Hase (neben dem der Adler niederstürzte) war kurz vor mausetot.

Alexander schreibt

Kierkegaard hat Paul gestern genannt, als er die Geschichte vom Adler und der Taube erzählte.
Der Glaube beginnt da, wo das Denken aufhört.
Genialer Satz. Ich würde noch einen Schritt weitergehen.
Glauben ist das Eingeständnis der eigenen Dummheit.
Nicht in der Lage sein weiterzudenken, weil man unfähig dazu ist, und deshalb glaubt, glauben muss.
Was ich weiß, muss ich nicht glauben.
Der Gläubige im Sinne der Religion nimmt alles an, was man ihm sagt.
Sollte er Zweifel haben, ist das schlecht.
Wenn Gott sagt, ich bin der wahre Gott, und du darfst keine fremden Götter neben mir haben, nimmt der Gläubige das ernst. Und was sein Gott, das höchste Wesen, ihm sagt, nimmt er natürlich ungefragt an.
Täte er es nicht, wäre er abtrünnig. Und damit ein Ungläubiger.
Der Glaube wird sogar regelrecht verherrlicht. Du bist dann auf dem rechten Weg, wenn du glaubst ohne es zu wissen. Und das ist das Beste was du tun kannst. Das macht dich besonders. Man sieht also von vorneherein die Zweifel als minderwertig an. Glaube, und du tust recht.
Na ja, ein bisschen glauben schadet ja nicht. Ich glaube ja auch manchmal. Wenn das Gehirn keine Lust mehr hat sich weitere Gedanken zu machen, ist es ganz praktisch.
Ich meine nicht den religiösen Glauben. Der ist mir sowieso abhanden gekommen. Ich könnte mir allerdings vorstellen, dass es einen 'Schöpfer' gibt.
Und sollte es ihn geben, dann hat er meine Achtung, falls er mir mal erklärt, wie er denn alles so gemeint hat.
Also ich meine jetzt nicht die Fußball Ergebnisse.
Wie er sich die Menschen gedacht hat, das interessiert mich. Was genau er ihnen mitgegeben hat. Doch hoffentlich allen gleich. Sonst wäre es ja ungerecht.

Dann ist doch der Lebensstart von Anfang an vermasselt, wenn mir nicht genausoviel zugeteilt wurde wie Einstein beispielsweise. Aber ich fürchte, da sind ihm die Ressourcen ausgegangen. Ich jedenfalls hab nicht das Gefühl Einsteins Kapazitäten erhalten zu haben.

So eine Katze ist auch nicht recht zu durchschauen. Jimmie und ich sind doch eigentlich gute Freunde geworden. Trotzdem kratzt sie mich manchmal, wenn ihr was nicht passt. Ich muss ihr übrigens eine Wurmkur verabreichen. Emil hat es mir gesagt. Und die verschreibt der Tierarzt.

Ich also den Tierarzt angerufen. Es sei besser, die Katze mal vorzustellen, sagte mir die Helferin. Und ob sie denn auch schon geimpft sei. Gegen Katzenseuche usw.

Na gut. Muss ich also mit ihr hin.

Das wird ja heiter werden. Hoffentlich kann ich sie in die Transportbox locken.

Wie ist wohl übrigens der 'Schöpfer' auf sowas gekommen. Solche Katzenkrankheiten zu erfinden.

Oder gibt es doch keinen?

Das ist so typisch Alexander. Immer aufs Ganze gehen, aufs Große
abzielen, den Schöpfer beschäftigt halten.
Den es ganz unbedingt gibt. Keine Frage. Ich sehe das auch. Ich sehe ihn.
Der aber immer noch nicht älter als 7 Tage ist.
Na, meinetwegen - 7 Tage und einige Stunden weiter.
Sehe ihn, wie er im Sandkasten sitzt und neue Förmchen backt.
Was viele als eines der Wunder des Universums betrachten.
Was ich aber so nicht zugeben mag.
Denn mit 7 Tagen und 3 Stunden habe ich unwahrscheinlich schön lächeln
können.
Das ist mehr.
Alexander?
Findest du nicht auch?

Aber ich will mal in Bodenhaftung bleiben.
Auch wenn ich meinen Blick eben noch ganz nach oben gerichtet habe, als
ob es durch einen Trichter aufwärts ginge.
Ich stehe nämlich in der Bruder Klaus Kapelle, innendrin, endlich, nachdem
ich eine gefühlte halbe Ewigkeit draußen gesessen, geraucht und gefroren
habe.
Es wehte nämlich ein scharfer Wind.
Und die Kapelle steht mitten auf dem Feld.
Und das Feld befindet sich in der Nähe von Mechernich, wo die Eifel
beginnt, also mitten in der Pampa.
Ich hatte diese Kapelle aber unbedingt besuchen wollen, weil sie von Peter
Zumthor erbaut wurde. Das ist ein Schweizer Architekt, den ich sehr mag,
der nicht nur schöne Bauwerke errichten kann, sondern die Philosophie
seines Bauens und Planens auch sehr klug zu beschreiben versteht.

Doch eben als ich vorgefahren kam, sah ich eine Prozession katholischer Landfrauen darin verschwinden.

Deren Zahl mit den Proportionen der Kapelle ins Verhältnis gesetzt, sah ich keine Chance mich in deren Inneren gemeinsam m i t den katholischen Landfrauen wohlbefinden zu können.

Dass es sich um katholische Landfrauen handelte erfuhr ich, als ich schon beinahe verzweifelt an der Tür zu kratzen begann und einige Wortfetzen aufnehmen konnte.

Da bedankten sich die Landfrauen bei ihrem Fremdenführer für die ausführlichen (oh ja!) Erläuterungen und kündigten an, sich mit einem Chorgesang (oh Schreck!) erkenntlich zeigen zu wollen.

Woraufhin sie ihrer Drohung unverzagt die Tat folgen ließen.

Diesen Gesang hörend brach die halbe Ewigkeit in sich zusammen.

Ist also jetzt Vergangenheit.

Und ich stehe hier und sehe das Licht.

Hoch droben verzweigt es sich.

Was wohl nicht stimmen kann, aber so erscheint es mir.

Vielleicht liegt es ja an der Art wie die Kapelle errichtet wurde.

Es wurden nämlich nicht weniger als 112 Fichtenstämme wie die Stangen eines Tipis, allerdings dicht an dicht stehend, aufgerichtet.

Um ihr Äußeres herum wurde ein Körper aus Beton errichtet, woraufhin die Fichtenstämme im Inneren ausgebrannt wurden, ihre Konturen aber in der Betonwand zurückließen.

Es ist der Geist der unsichtbaren, der verbrannten Stämme, die nach oben, ans Licht fließen.

Und das Licht brechen.

Das ist es. Ja. Ihr Geist ist so stark, noch so sehr vorhanden, dass er sogar das Licht zu brechen vermag.

Besser kann ich es dir nicht beschreiben.

Faszinierend ist es. Vielleicht fahren wir ja mal zusammen dorthin, dann kannst du mir sagen, wie du es empfindest. Und ob du so etwas überhaupt für möglich hältst.

Ich zünde jetzt eine Kerze an, dann gehe ich wieder nach draußen und schaue mindestens noch eine Viertelstunde lang (also eine weitere halbe Ewigkeit) über das angrenzende Weizenfeld in die Rheinebene hinaus. Erst danach werde ich wohl wieder ins Auto einsteigen können.

Alexander schreibt

Die Bruder Klaus Kapelle scheint mir wirklich interessant zu sein.
Ich würde ganz gerne mit dir mal dorthin fahren.
Aber mir geht etwas anderes nicht aus dem Kopf.
Wie verhält es sich eigentlich mit dem Morgenstern? Ich blicke da nicht so recht durch.
Hab heute gelesen, dass es nicht immer die Venus ist, die als Morgenstern bezeichnet wird. Und die ja auch als Abendstern auftaucht.
Es kommen außer ihr noch andere Planeten in Betracht. Ach, was weiß ich.
Merkur und Saturn und höchstwahrscheinlich noch solche, die niemand kennt.
Die leuchten vielleicht in uns unbekannten Farben, die tausendmal schöner sind als die, die wir kennen.
Eine wundervolle Vorstellung, finde ich.
Emil hält das für Spinnerei. Jimmie dagegen hat mir interessiert zugehört.
Jedenfalls schien es so. Aber seit wir unser Kämpfchen mit der Transportbox und dem Tierarzt hatten, sind die Fronten geklärt.
„Ich bin der Oberboss", hab ich ihr gesagt, „denk immer dran!"
Was da so abgeht beim Tierarzt. Im Wartezimmer waren mindestens sieben verschiedene Hunderassen vertreten. Nebst Frauchen oder Herrchen. Es müffelte ziemlich. Ein großer Hund mit Blähungen trug seinen Teil zur Luftverpestung bei.
Außerdem fühlte er sich bemüßigt in Kontakt zu Jimmie zu treten.
Die hatte sich ganz in die Ecke der Box verzogen, die neben mir auf dem Boden stand. Hab sie mir aber auf den Schoß gesetzt, nachdem "Elliot", der Riesenköter, Jimmie begutachten wollte. An mich hat er sich nicht rangetraut. Sein Frauchen rief ihn herrisch.
Widerwillig gehorchte er. Aber ist ja klar. Wenn die Leine ihn fast hochhebt, so wurde er gezerrt.
Ich sag dir, da machst du was mit, so als Tierpapa. Da erwacht der Beschützer in dir.

76

Aber der Tierarzt ist klasse. So einer mit weichem Herz, aber sehr
entschlossen handelnd.
Jimmie ist kerngesund. Die Wurmkur ist was völlig Normales, sagt der Doc.
Und das Impfen auch. Also wohl alles im Lot bei Mensch und Tier.
Hab übrigens einen schönen Satz gelesen:
Wenn es deinen inneren Frieden kostet, ist es zu teuer.
Ich sinniere.

Eigentlich wollte ich Alexander eine Fuchsgeschichte erzählen.

Der Name des Helden, sozusagen, stand bereits fest. Er sollte Kettu heißen. Kettu ist Finnisch und heißt Fuchs.

Losgehen sollte es aber mit Kettus Mutter, für die ich mir den Namen Mariluu (mit 2 u) ausgdacht hatte, und deren abenteuerlicher Reise über die Ostsee nach Deutschland.

Diese Reise, und wie es dazu kam, hatte ich mir bereits schön bunt auszuschmücken begonnen, als ich mir eingestehen musste, dass es das alles schon tausendmal gegeben hatte.

Weil nun so gar nichts anderes kommen wollte, ärgerte ich mich ein wenig, doch nicht sehr, denn dazu ist es erstens zu heiß, und zweitens gibt es so viel anderes auf der Welt, mit dem man sich beschäftigen kann.

So habe ich die Geschichte drangegeben, noch bevor der Held überhaupt das Licht der Welt erblickte.

Aber die Hitze! Dazu ließe sich schon einiges mehr sagen.

Die Überschrift, mit der meine WetterApp heute morgen aufmachte, lautete: Backofengluten mit Oberhitze.

Galgenhumorig. Und leider nur allzu wahr. Draußen ist es heute überhaupt nicht auszuhalten.

Als ich heute morgen dann doch einmal um den Teich zu gehen wagte, stellte ich fest, dass keine Frösche mehr da sind. Kein Geplatsche, ins Wasser abtauchen und Sich-in-Sicherheit bringen wie sonst üblich.

Ich schätze mal, die sind alle zum Nachbarn abgehauen. Der hat auch einen Teich, wenn auch nur einen ganz kleinen. Was aber ganz entschieden für ihn spricht ist sein Garten, der der reinste Dschungel mit viel feuchtem Untergrund ist. Außerdem arbeitet mein Nachbar bei einem großen Pharmakonzern. Wer weiß, was es da so alles an lustigen Pillen gibt, die auch munter im Garten verteilt sein könnten.

Die Unternehmungslustigeren - der große und der kleine Bruder, der Krakeeler und sein Kumpel und einige andere haben schon die ganzen letzten Tage drüben verbracht.

Abends kommen sie aber immer zurück. Sobald sie den Gartenzaun erreicht haben, kündigen sie sich an, damit die anderen Bescheid wissen. Obwohl sie sonst kaum noch einen Ton von sich geben, wird dann nochmal ordentlich gequakt und rumgelallt. So jedenfalls stell ich es mir vor. Als ob sie aus einer Kaschemme zurückkehrten. Die Idee gefällt mir übrigens besser als die mit den bunten Pillen. Bin mal gespannt, wie es heute sein wird. Obwohl ich ihre Rückkehr möglicherweise verpassen werde. Heute ist Blutmond. Alexander und ich haben uns verabredet das Ereignis zu begucken.

Es wird die längste Mondfinsternis dieses Jahrhunderts geben, das dürfen wir nicht verpassen, auch wenn es heute Abend um zehn immer noch über 30 Grad haben wird.

Außerdem wird der Mars seine nächstmögliche Entfernung zur Erde erreichen und der Sirius heller leuchten als sonst.

Den Römern war der Sirius ein Unheilbringer, der Hitze und Fieber ankündigte. Wahrscheinlich hing das mit den Sümpfen rund um Rom zusammen, mit Mücken und Malaria.

Mit den Mücken wenigstens ist es jetzt nicht mehr so dolle. Vielleicht weil alles ausgetrocknet ist. Na, mal sehen. Wir treffen uns auf einer Wiese am Bach.

Vorhin noch habe ich mit Alexander telefoniert. Er grummelte etwas, wollte sich wohl drücken. Nix da.

Alexander schreibt

Das ist mal wieder typisch Paul. Will unbedingt mit mir zusammen die Mondfinsternis sehen.

Lässt Kettu sausen, von dem er mir mehrmals erzählt hat, und geht in keinster Weise auf meine Gedanken ein.

Aber die Mondfinsternis war wirklich ein Erlebnis.

Es fing damit an, dass wir den Mond an anderer Stelle vermuteten, und der Mars auch nicht so recht wollte.

Aber dann war es soweit. Es war schon so etwas wie eine Andacht in mir. Ich wäre noch andächtiger gewesen, wenn nicht die Mücken, oder was auch immer dort rumflog, mich abgehalten hätten.

Auf einem Feld auf einer Decke liegend den Himmel betrachten.

Hatte schon was.

Als ich nach Hause kam, habe ich gleich die Glocke geläutet. Ich habe mir nämlich vorige Woche eine Glocke zugelegt. Keine Bimmel, eine echte Glocke! Die hängt in einem Glockenstuhl. Wie es sich gehört. Ein Glockengießer, der auf einem Handwerkermarkt zu Gast war, hat beides geschaffen.

Man zieht am Strang den schönen Klang wahrzunehmen. Sie muss schwingen können.

Ein Anstoß reicht nicht aus.

Anstoß. Auch so ein Wort. Manchmal bedarf es eines Anstoßes, in die Puschen zu kommen. Und trägt man diese dann beispielsweise bei einem Gala Diner, begeht man einen Faux Pas. Man erregt Anstoß, dass andere in Ohnmacht fallen. Das hat man nun von seiner überbordenden Energie. Ich laufe ja sowieso gerne in Puschen rum. Wenn Jimmie nicht gerade als Aufreißerin bei ihnen tätig ist. Sehen mittlerweile ganz angegriffen aus. Aber ich steh dazu. Jimmie und ich sind uns einig. Wenn ich sie gewähren lasse, lässt sie mir meine Ruhe. Das ist schön. Und immer kann ein Kratzbaum auch kein Spielgefährte sein. Da muss dann mal was anderes her.

Paul ist ja eher kein Anstoßerreger. Nicht, dass er von Natur aus in Puschen herumläuft.

Aber er ist so ein Ausgleicher. Ein Balancier erster Güte. Sagt man eigentlich in diesem Fall Balancier?

Hans Henny Jahnn war keiner. Das steht fest. Und doch hat er den Balancier erfunden.

Na gut, passt irgendwie. Druck ablassen sozusagen, dass die Orgeltasten funktionieren.

Also so überdruckig wie Jahnn ist Paul nun wirklich nicht.

Irgendwie würde ich der Glocke gerne einen Namen geben. Nuntia oder so.

Aber vielleicht weiß Paul was Besseres. Ich frag ihn übermorgen.

Auf was für Ideen Alexander nur immer kommt! Aber darin hat er recht: ich bin kein Balancier. Weil ich zu sprunghaft bin. Die Sache mit Kettu beweist es. Obwohl ich ja dargelegt habe, warum ich die Sache sausen ließ. Das darf aber auch nicht immer als Entschuldigung herhalten. In diesem Falle bleibt es dabei. Zumindest bis auf weiteres. Bis mir eine Idee kommt. Oder auch nicht. Manchmal muss man auch das Ungesagte walten lassen. Es wird eben nicht immer was. Das ist menschlich.

Im Eulenspiegel, dem Satiremagazin der DDR, erschien kurz nach der Wende eine Karikatur von Kalle Marx in Frack und gestreiften Hosen, langer Mähne und Rauschebart. Richtig knuffig. Und darunter stand: Tut mir leid, Jungs! War halt nur so ne Idee von mir ...

Ja, so kann's gehen.

Dabei hat er sich solche Mühe gegeben. Tausende von Seiten beschrieben, gemacht und getan, Anstoß erregt und Anstöße gegeben.

Aber, keine Panik, vielleicht ist es noch nicht zu spät. Wer weiß schon, was die Stunde geschlagen hat. Die Glocke selbst wohl nicht. Die Glocke ist eine Nuntia, da hat Alexander einen sehr richtigen Namen gefunden. Sie ist eine Verkünderin, eine Botin, sie überbringt Nachrichten. Und es ist nicht immer einfach, diese Nachrichten zu interpretieren. Die Glocke läutet ja nur. Sie läutet für Krieg und Frieden, zur Hochzeit und in Todesfällen.

Man kann sich natürlich auch etwas ausdenken, man kann die Glocke eine Geschichte erzählen lassen, wie es bei manchen Glockenspielen der Fall ist. So eine Glocke ist nach allen Seiten offen.

An welcher Stelle nun wieder Kettu ins Spiel kommen könnte. Es ließe sich das Märchen vom Fuchs und der Glocke erfinden.

Früher haben wir solche Spielchen gespielt. Da hat sich einer drei Begriffe ausgedacht, und alle mussten eine Geschichte erzählen, in der jeder dieser Begriffe vorzukommen hatte. Das ist mal ganz nett, hat aber eine exponentiell niedrige Haltbarkeit und wird bald wieder langweilig.

Außerdem: es kommt nur Blödsinn dabei heraus.

Obwohl ich hier bereits Alexanders Widerspruch zu spüren meine ...
Es kommt ganz darauf an, wird er womöglich sagen.
Und da ließe sich nichts gegen einwenden. Klar.
Es kommt immer darauf an ...

Was ich mir auf jeden Fall aber auszudenken haben werde, ist ein
Vorwand, mich bei Alexander einzuladen. Die Glocke möchte ich gerne
sehen und hören. Jimmie kennenlernen. Und überhaupt so, wie Alexander
lebt.
Also, was käme denn da in Frage?
Die Glocke begießen ... nun ja, durchaus richtig, aber ein wenig einfallslos.
Andererseits - warum denn nicht?
Ich könnte es nur etwas verzieren, oder sagen wir einmal: schmackhafter
machen.
Ich werde ihm sagen, dass ich mal wieder Lust auf ein deftiges Gulasch
hätte, dass es alleine aber viel zu langweilig sei.
Ich bringe auch alle Zutaten mit. Einschließlich der Getränke. Ich denke da
an ein Kirschwasser und vier Flaschen Wein ...

Alexander schreibt

War ein schöner Abend mit Paul. Natürlich haben wir ausgiebig die Glocke begossen. Wir haben sie sogar richtig getauft.
Weihwasser hatten wir nicht, aber das spielte keine Rolle. So eine Glocke ist ja an sich schon irgendwie etwas heiliges. Da schadet es nicht, wenn sie ein paar Spritzer unheiliges Wasser abbekommt.
Wir brauchten natürlich noch einen Glockenspruch.
Der musste in Latein sein. Sonst wären Nuntia und besonders ihr Gießer ja zu Tode beleidigt.
Wir also überlegt. Lange. Sehr lange.
Schließlich hatten wir zwei zur Auswahl.

1.

Virtutem incolumem odimus

„Vollkommene Tugend hassen wir." – Horaz Carmina 3,24,31.

2.

Venite apotemus!

(„Kommt, lasset uns trinken!")

Ursprünglich: venite, adoramus = Kommt, lasset uns anbeten.
Das fehlerhafte Latein hatte Rabelais dem Mönch in Gargantua und Pantagruel untergeschoben.

The winner is:

Venite apotemus!

Weil es ohne Brimborium ist, also eine klare Aussage hat.

Jeder versteht es.

Man kriegt es auch dann noch über seine Zunge, wenn man der Aufforderung bereits Folge geleistet hat. Und sollte dann doch eine Lallung eingetreten sein, verdreht sie es mit etwas Glück ins Ursprüngliche.

Und den Wein anzubeten beispielsweise, ist ja nun keine Gotteslästerung.

Paul als Täufer, ich der Pate, und Nuntia hat sich so darüber gefreut, dass sie mindestens fünf Minuten lang aus dem Bimmeln nicht rauskam.

Aber vielleicht waren es ja nur zwei Minuten, und bimmeln kann man zu ihrem schönen Klang auch nicht sagen. Das wäre die reinste Glockenlästerei in ihrem Fall. Fand auch Paul, der sie ganz entzückt immer wieder zum Klingen brachte.

Jimmie zeigte sich desinteressiert. Ließ sich nur bedingt locken von Paul. Immerhin ist er ohne Kratzer davongekommen.

Und das Gulasch gelang hervorragend. Und darauf ein Kirschwasser, ehe erneut der Wein ...

Das werden wir von nun an öfter machen. Es sitzt sich im Sessel entschieden besser als auf einer Bank. Zumindest in der kalten Jahreszeit, die ja demnächst beginnt.

Paul notiert

Die Geschichtenerzählerei, von der ich oben schrieb, haben wir dann doch betrieben. Es war unvermeidlich, sobald ich Alexander davon erzählte. Alexander ist so einer, der sich schnell begeistern kann, Feuer fängt, und dann auch ordentlich Flammen versprüht. Muntere Flammen waren das, wir hatten auch schon einiges intus. Außerdem gab es verschärfte Bedingungen: nicht nur drei, sondern gleich 10 Worte wurden vorgegeben und mussten verwendet werden. Hier das Ergebnis:

Alexanders Wörter:

Mausoleum
Rattenloch
Landstraße
Nachbar
Schicksal
Fröhlichkeit
Seerose
Kleinkrieg
Flugzeug
Cholera

Pauls Erzählung:

Das Mausoleum glich einem Rattenloch.
Es lag am Nordausgang des Friedhofs, der zur alten Landstraße hinausführte, die heutzutage kaum ein Mensch mehr benutzte.
In seiner Nachbarschaft ein kleiner Teich, worauf Seerosen schwammen,

die sich in einem beständigen Kleinkrieg mit der Froschpopulation befanden. Das Schattenspiel der Bäume kündete überbordende Fröhlichkeit, dann schien es wieder nichts als schwarzes Schicksal zu verheißen. Der Kondensstreifen eines Flugzeuges schlierte im Himmelblau. Als ich das Grabmal öffnete, umwehte mich ein Pesthauch, der mir die Sinne nahm. Nein, korrigierte ich mich: es war die Cholera, die nach mir griff.

Pauls Wörter:

Augen
Gram
Finsternis
Schleier
Abgeschiedenheit
Gewölk
Wasser
Krone
Hoffnung
Jubelsang

Alexanders Erzählung:

In ihren Augen schimmerte Hoffnung. Der Gram der vergangenen Wochen war verschwunden. Es war gut, dass sie sich für die Abgeschiedenheit entschieden hatte. Hier konnte sie tun, was sie wollte.
Sie stellte die Flasche mit dem Wasser ab. Und besah sich die ganzen Bücher. Nick würde sich wundern. Wenn sie hier wieder herauskam, war sie bestens vorbereitet.

Sie wäre in der Lage, so gut zu kochen wie ihre verhasste Schwiegermutter.

Der Herd in der Mitte war vom Feinsten. Jetzt fehlten nur noch die Zutaten. Sie nahm ihr Handy zur Hand. Hatte sie denn wirklich die Nummer des Lieferanten eingespeichert? Ja, hatte sie.

Sie wählte aus den Rezeptbüchern das 'Kochbuch für die feine Küche'. Nach langem Überlegen entschied sie sich für eine Kartoffelsuppe. Sie schrieb die Zutaten auf einen Zettel. Dann rief sie den Lieferanten an und gab die Bestellung durch.

Nach einer Stunde war es soweit. Die Bestellung wurde gebracht. Es schellte an der Tür.

Als sie öffnete, stand ein gutaussehender Mann vor ihr. 'Wo sollen die bestellten Sachen hin', fragte er. Sie bat ihn hinein ...

Drei Stunden später verließ er sie. Die neue Einkaufsliste hielt er in der Hand.

Alexanders Wörter:

Nebel
Salto
Stuhl
Gewitter
Saxofon
Wiese
Kellereingang
Wäscheleine
Geschimpfe
Beruhigung

Pauls Erzählung:

Nebel. Dick und waberig. Die reinste Kartoffelsuppe. Fast dass ich einen Salto hinlegte, als ich den Kellereingang suchte, die Kellertreppe hinunterstolperte. Geschimpfe. Beruhigung. Ich dachte an die Wiese am Nachmittag. Und das Gewitter. Und dass ich Jackson versprochen hatte zu kommen. Ich wollte auch unbedingt. Ich wollte ihn spielen hören. Jackson spielte Saxofon, wie andere Psalmen singen. Ein Extatiker. Der einen hinreißen konnte wie keiner. Eine ungeheure Intensität ging von ihm aus. Als ich die Tür öffnete, empfing mich Dunkelheit, Schwärze. Jackson war allein. Er saß auf einem Stuhl mitten im Raum. Über ihm hing die Schlinge einer Wäscheleine. Rot. Phosphoreszierend. Wie ein Feuerschiff.

Pauls Wörter:

Geheimschrift
Eroberung
Bucht
Panik
Schutz
Zusammenbruch
Vertrauen
Walzer
Buchstabe
Schule

Alexanders Erzählung:

Es war klar. Piraten, die Freibeuter des Meeres. Und Johnny Depp sowieso. Im Kino, im Schutz der Dunkelheit, konnte Fiete fast täglich eine Eroberung machen. Erst gestern war ihm eine Panik zu Hilfe gekommen. Irgendjemand hatte eine leere Brötchentüte zum Knallen gebracht. Und schon flüchtete sich seine Begleiterin an seine Brust. Etwas länger als nötig. Aber ein Schutz konnte eben dauern. Der musste ja einem eventuellen Zusammenbruch zuvorkommen. Rein zufällig stand Johnny Depp währenddessen in der Bucht des Vertrauens und legte sich mit einem Kumpel an. Es artete aus. Es ging um Leben und Tod.
Fiete malte ein L auf die Hand seiner Schutzbefohlenen. Er sah ihr in die Augen, wie seinerzeit Humphrey Bogart. Kira bemühte sich ausdrucksstark zu wirken. Sie hatte natürlich längst bemerkt, dass es genau jetzt darauf ankam. Mit ersterbender Stimme - sie lag schon wieder an seiner Brust - hauchte sie: "Was bedeutet das L ?" obwohl es ihr klar war. L stand für Love. Fast unmerklich setzte sie sich einen Takken anders hin. Man konnte sich ja vorstellen was nun kam. Sie befeuchtete ihre Lippen in Erwartung des Kusses.
"Lost" murmelte Fiete. Sein hochgereckter Daumen drehte sich und die Spitze zeigte nach unten. Der ganze Fiete sackte theatralisch zusammen. "Ach so", ließ Kira sich vernehmen. Und setzte sich kerzengrade auf ihren Sitz.

Wie ich das so transkribiere (wir hatten es umständehalber auf Papier gekritzelt), fällt mir auf, dass Alexander dann und wann mal ein Wort unterschlagen hat. Das lass ich ihm aber als künstlerische Freiheit durchgehen. Aber unbedingt. Ich meine, wer dermaßen den Rabelais aus dem Ärmel schüttelt, hat das mehr als verdient.

Weiterhin bleibt festzuhalten, dass wir immer besser miteinander auskommen. Trotz aller Gegensätze. Wegen derselben. Und weil es das ausgewogene Maß an Gemeinsamkeiten gibt. Es ist wie beim Kochen. Was so selbstverständlich erscheint, wird bei näherem Hinsehen zu einer hochkomplexen Angelegenheit. Es muss einfach stimmen, und zwar möglichst spielerisch. Oder - nein - nicht spielerisch, denn dann steckte ja bereits so etwas wie Absicht dahinter. Das ist aber nicht der Fall. Es ist etwas, das wie von selbst geschieht.

Umgangssprachlich sagt man dann: die Chemie stimmt. Und keiner weiß wie. Es hat sich so ergeben.

In diesem Zusammenhang möchte ich, um nicht zu hoch zu greifen, Alexander und mich als zwei Elektronen auffassen. Als f r e i e Elektronen, darauf müsste ich bestehen. Zwei, die sich n i c h t bündeln lassen.

Um nicht zu hoch zu greifen -

das meint, wir wollen uns nicht mit Atomen gleichsetzen, erst recht nicht mit Elementen.

Wenn man bedenkt, dass es auf der Erde nur 90 natürliche Elemente gibt, aus denen alles besteht, alles geschaffen ist.

Der menschliche Körper beschränkt sich im Wesentlichen auf 21 Elemente.

Das nenne ich eine konzentrierte Leistung.

Oder ist es ein Ausdruck von Primitivität?

Gibt es andere Welten? Solche mit der doppelten Zahl?

Das käme einem Quantensprung gleich. Und wie hätte man sich das vorzustellen?

Ich denke weiter darüber nach und reiche die Frage gleichzeitig an Alexander weiter.

Alexander schreibt

Typisch Paul.
Da fällt mir doch die Geschichte ein, die mir mein Vater immer erzählte,
wenn ich ihn bat mir ein Märchen zu erzählen:

Es war einmal ein Mann. Der hatte sieben Söhne. Die sieben Söhne sagten:
"Vater, erzähl uns eine Geschichte."
Da fing der Vater an. Es war einmal ein Mann. Der hatte sieben Söhne. Die
sieben Söhne sagten: "Vater, erzähl uns eine Geschichte."
Da fing der Vater an. Es war einmal ein Mann ...

Also, wenn aus den sieben Söhnen acht geworden wären. Was dann?
Dann hat der Vater acht Söhne, auf die er stolz sein kann. Eine tolle
Leistung.
Sozusagen ein kleiner Quantensprung, der aber letzten Endes doch nichts
bringt. Denn jetzt betteln acht rum, dass er ihnen eine Geschichte erzählt.
Ja, das ist eben die Crux mit den Quantensprüngen.
Versprechen eine Verbesserung, weil sich der Zustand ein wenig geändert
hat.
Nun könnte man meinen, wenn sich der Zustand sehr verändert, sogar
verdoppelt, wenn es nämlich im obigen Beispiel vierzehn Söhne wären, die
der Vater sein eigen nennt. So ein richtiger großer Quantensprung eben.
Dann müsste doch auf jeden Fall eine deutliche Verbesserung zu
bemerken sein.
Oder?

Tja, Janus, du alter Stalker, du hast um die Bedeutung des Wortes
gewusst.
Hast dir zwei Gesichter aufgesetzt, die Welt im Blick zu haben.
Immer wenn es vorwärts gehen sollte, hast du dich einfach umgedreht,
und hast die andere Richtung gesehen.

„Passt schon!" hast du gerufen. Und alle waren froh.

Also, lieber Paul. Natürlich gibt es andere Welten. Von mir aus auch welche mit verdoppelter Zahl.

Aber wie ich sie mir vorstelle (oder du), spielt keine Rolle.

Da können die Quanten ruhig steckenbleiben wo sie sind. In Filzpantoffeln z.B. Meinetwegen müssen sie nicht springen.

Ich gönne jedem ein beschauliches Leben.

Und etwas Primitives darf ruhig drin vorkommen. Einfach, weil einfach nicht kompliziert ist.

Und da halte ich es mit Kalle Marx, wie Paul ihn nannte.

Der hat auf die Frage, welches seine Lieblingstugend sei, geantwortet: die Einfachheit.

Und mit der kommt jeder zurecht.

Auch wenn er sich damit zum Affen machen sollte.

Na, Paul, du hast auf jeden Fall recht. Die Chemie stimmt bei uns.

Bei den Ameisen übrigens auch. Hat man untersucht. Weil sie auf Kohlenwasserstoffe reagieren klappt zwischen ihnen die Kommunikation.

Und den Menschen fällt nichts besseres als Rauchverbote ein.

Kein Wunder, dass dabei leicht die zwischenmenschliche Kommunikation aus den Fugen gerät.

Das wissen so alte Raucher wie wir.

Und heute hab ich gelesen, dass die Japaner mir eine Sternschnuppe verkaufen können.

Für eine Investition von 7100 € kann ich mir dann was wünschen.

Ist das nicht toll?

Der Satellit Ale-1 macht es möglich.

Ich könnte mir ja dann 7100 € wünschen. Sollte der Wunsch in Erfüllung gehen, hätte ich meine Investition wieder raus.

Ganz einfach.

Paul: Notizblockeintrag / 19

Wir sind uns mal wieder drunten am Fluss begegnet. Gänzlich unverabredet.

Alexander ertappte mich dabei, wie ich etwas mit meinem Taschenmesser in die abgeschabte Rückwand unserer Bank unter der alten Weide ritzte. Ich hatte bereits das Männchen fertig, das mit seiner großen Nase über die Mauer lugte, und war bei der Beschriftung bis zum `Kilroy was ...´ gekommen.

Alexander, weit entfernt davon, mich wegen meiner kindischen Spielerei zu maßregeln, sagte nur: Aha! Kilroy was here. Er legte sich den Finger an die Nase. Ich meine mich zu erinnern das früher öfter mal gesehen zu haben.

Ganz recht, sagte ich, ganz recht.

Ja und ... wie bist du jetzt darauf gekommen?

Durch Zufall, sagte ich, wie ich im Internet recherchierte, und ich weiß jetzt schon gar nicht mehr wonach, denn dabei bin ich auf einen Artikel im SpiegelOnline gestoßen, der sich mit eben jenem Kilroy beschäftigte, und das hat mich dermaßen gefangen genommen, dass ich alles andere darüber vergaß.

Womit wir es hier zu tun haben, fuhr ich fort, ist nämlich eine dieser kleinen Mysterien, die dem Leben Würze geben und gleichzeitig aufzeigen, wie die Menschen sich auch in schwierigsten Situationen zu helfen wissen und Witz beweisen.

Kilroys Karriere begann mit dem Eintritt der Amerikaner in den zweiten Weltkrieg. Und unabhäng davon, wo und wie er seinen Anfang nahm (was zwar ausgiebig erforscht wurde, aber, wenig verwunderlich, bis heute ausgesprochen strittig blieb), kommt es doch darauf an, wie er sich schließlich entwickelte, was die GI's aus ihm machten.

Und was machten sie aus ihm? fragte Alexander.

Einen ganz Gewitzten natürlich. Weil er einer von ihnen war, weil jeder von ihnen so sein konnte wie er.

So nahm die Geschichte ihren Lauf und und formte sich zur Legende. Sobald ein italienisches oder französisches Dorf befreit, eine der tausend mikronesischen Inseln besetzt wurde, hatten die Soldaten nichts eiligeres zu tun als den Kilroy ins Spiel zu bringen, sein Erscheinen an einer Häuserwand, einem abgeschossenen deutschen Panzer, auf dem Geschützrohr eines japanischen Bunkers zu verewigen.

KILROY WAS HERE!

Da staunten die nachrückenden Truppen, die sich als die ersten wähnten, aber nicht schlecht. Nä! Kilroy war schon hier, ist ihnen mal wieder zuvorgekommen.
Und so begann ein Wettlauf, nicht zum Rhein oder zur Elbe, wie wir Nichtsahnenden bisher meinten, nein, es war der eine Kilroy, der den anderen puschte.
Als Stalin auf der Potsdamer Konfernenz von der Toilette zurückkehrte, soll er den Dolmetscher beiseite genommen und flüsternd gefragt haben wer, zum Teufel, dieser Kilroy sei.
Das, schloß ich, ist meine absolute Lieblingskilroygeschichte.

Alexander bog sich vor Lachen.
Ich, der ich inzwischen auch meine Schnitzerei vollendet hatte, bot ihm eine Zigarre an. Die hatte ich nämlich auf dem Herweg besorgt, sechs Stück, sechs verschiedene, die ich eigentlich zu unserem nächsten Treffen hatte mitbringen wollen.
Das nenne ich mal in weiser Voraussicht handeln. Alexander nickte anerkennend, wählte sich eine Romeo y Julieta, während ich mir eine Partagas aussuchte.
Ich reichte Alexander mein ebenfalls neuerworbenes Zippo hinüber.
Cool, meinte er, und betrachtete es sich von allen Seiten. So eines muss ich mir auch unbedingt zulegen. Und dann auch noch mit Jack Daniels-Emblem. Genau der richtige Stoff für Whisky-Cola. Was mich übrigens auf eine Idee bringt ...

Alexander schreibt

Der gute Paul und sein Kilroy.
Der war also da. Dachte er zumindest.

Cogito ergo sum. Ich denke, also bin ich.
Der Satz kommt mir in den Sinn. Und lässt mich nicht los.
Ich meine, alle Achtung vor Descartes. Ein Mathematiker und Philosoph.
Das Wichtigste war ihm der Zweifel. Der Zweifel an der Wahrheit. Ist es
wahr, was ich als Wahrheit erachte, oder ist es lediglich eine
Sinnestäuschung?
Wenn ich aber darüber nachdenke, sagt er, beweist es, dass ich existiere.
Aha, aber woher weiß ich denn, dass das ich es ist, das denkt?
Es kann doch sein, dass etwas denkt, das aber nicht das ich ist.
Es ist vielleicht eine meiner Zellen, die vom Weg abgekommen ist,
größenwahnsinnig wurde und meint, sie ersetze einen ganzen Menschen.
Nämlich in diesem Fall mich. Und der Rest hüllt sich in Schweigen, weil er
noch nie was vom Denken gehört hat und folglich auch nicht weiß, was zu
tun ist.
Und wenn es dann nicht hundertprozentig ist, dass ich bin, weil ja wie
gesagt, diese eine Zelle vielleicht nicht mehr mitspielt und stattdessen ihr
eigenes Spiel spielt. Was dann?
Ich fühle mich zwar, aber irgendein Dämon lacht sich derweil ins
Fäustchen, weil er dafür gesorgt hat, dass ich mir einbilde mich zu fühlen.
In Wirklichkeit bin ich vielleicht ein gefühlloses Monster. Aller Sinne nicht
nur beraubt, sondern es stellt sich die Frage, war ich jemals bei Sinnen?

Wie gut, dass Jimmie nichts für Descartes übrig hat. Sie streicht mir um
die Beine und scheint hungrig zu sein.
Oder bilde ich es mir nur ein?

Nun gut, es hilft ja nichts. Philosophie hin oder her.

Jimmie braucht ihr Futter, und ich bin auch hungrig.

Oder sollte ich lieber erstmal eine rauchen gehen. Dabei kommen einem die besten Ideen. Zum Beispiel, was ich mit den vier Eiern mache, die noch im Kühlschrank sind.

Descartes als Mathematiker hätte drei von ihnen aneinandergelegt und das vierte die drei berühren lassen. Cool. Könnte ich mal ausprobieren.

Ach nee, geht ja nicht. Eier sind ja keine Kreise.

Aber wer weiß, wenn ich sie mir als Kreise denke ...

Müsste es doch gehen, oder?

Aber kann ich überhaupt denken?

Es ist zum Verzweifeln, wenn man einmal damit anfängt.

Descartes ...

Ich bin unentschlossen.

Stecke in einer Zwickmühle.

Ich kannte den Mann ja nicht. Bin mir ziemlich sicher ihm auch in einem meiner früheren Leben nicht begegnet zu sein. Als Ahasver beispielsweise. Obwohl das streng genommen ja auch gar nicht geht, es ist ja immer ein und derselbe. Aber egal -

ich kannte ihn nicht.

Die einen sagen, dass er ein gläubiger Christ gewesen sei. Und dass er darum den Gottesbeweis führte.

Was ihm die Kirche aber postwendend übel nahm. Denn etwas beweisen zu wollen, setzt einen begründeten Zweifel voraus, den es zu widerlegen gilt. Und Gottes Existenz in Zweifel zu setzen, nee, das geht überhaupt nicht. Es wurde ja immer noch fleißig verbrannt. Und wo nicht verbrannt, wenigstens gebannt, verbannt und weggesperrt.

Und davor hatte Descartes Angst, sagen die anderen, und hat sich darum maskiert. Und nicht in allem mit der Sprache rausgerückt. Lieber gar nichts geschrieben und erst recht nicht öffentlich gemacht.

Da wird wohl was dran sein. Und -

diese Variante gefällt mir ausgesprochen gut.

Ich schmücke sie aus. Stelle mir vor, wie er in Holland in seinem Kämmerlein sitzt und die Nächte durchdenkt und schreibt und schreibt ...

Tagsüber geht er spazieren und hört Jacob van Eyck Flöte spielen.

Sie kommen sich näher.

Ich kenne ihre Schritte, mein Herr, sagt Jacob van Eyck, sie zögern. Sie waren gestern hier, und sie waren vorgestern hier, sie machen mich neugierig ...

Der eine ist neugierig auf den anderen.

Sie sind blind, wie ich sehe ... sagt Descartes.

(wie ich sehe ... !)

Er bereut seine Formulierung.

Der andere lächelt.

So beginnt eine Freundschaft.

Von nun an wird Descartes jeden Tag den blinden Flötespieler im Janskerkhof in Utrecht besuchen kommen.

Eines Tages sagt Jacob van Eyck: sie sollten sich einmal die Frage vorlegen, warum eine Nachtigall singt.

Doch nehmen sie sich in acht. Eine Antwort zu finden, könnte schwieriger sein, als der erste Anschein vermuten lässt.

Werden sie zu einem Ergebnis gelangen, das für sie, und wohlgemerkt nur für sie gültig ist, können sie eine nachfolgende Frage stellen: warum die Nachtigall singt wie sie singt.

Und Descartes sitzt in seinem Kämmerchen und denkt und schreibt.

Bis er eines Tages alles verbrennt, das nächste Schiff besteigt und nach Schweden segelt.

Dort verliert es sich, verlieren wir ihn aus den Augen, verliert er seine Existenz.

Was er da in seinem Kämmerchen geschrieben hat, möchte ich gerne wissen.

Wie eine Nachtigall singt, möchte ich wissen. Ich glaube nämlich, dass ich noch nie eine Nachtigall habe singen hören. Gibt es überhaupt noch welche?

Sagt der Luftballon zum Himmel: ich komme.

Sagt der Himmel zum Luftballon: wenn du dich traust.

So haben schon viele Tragödien begonnen.

Ach, und noch eine Frage stelle ich mir:

Sind Katzen die besseren Philosophen, also die besseren Menschen?

Alexander schreibt

Sind Katzen die besseren Philosophen? Auf jeden Fall, möchte ich meinen. Die besseren Menschen weiß ich nicht.

Ich kenne keine Katze, die ein Mensch sein möchte. Menschen, die Katzen sein möchten, gibt es viele.

Ziehen sich an den Karnevalstagen ein Katzenkostüm an, und wissen nicht wie man schnurrt. Typisch Mensch. Denkt nie zu Ende.

Meint, so ein bisschen Tier kriegt er leicht hin, weil er es durchschaut. Vergisst aber, dass er so gut wie nie in der Lage ist, etwas zu durchschauen. Und ein Tier sowieso nicht. Es sei denn, es handelt sich um eine Amöbe. Die ist durchsichtig. So weit, so gut.

Nur ist sie auch asexuell. Und da wird doch so gut wie jeder Mensch passen müssen. Das geht ja gar nicht. Ohne geschlechtliche Fortpflanzung läuft doch beim Menschen nichts. Da kann man bei so einer Amöbe schon das Interesse verlieren. Die pflanzt sich zwar auch fort. Hat für diese Aktion aber kein zweites Geschlecht nötig. Geht alles in Eigenregie.

Nee, dass der Mann überflüssig wird, nicht auszudenken.

Zum Thema Karneval nochmal.

Ich soll heut fröhlich sein! Tätää!!

Dreimol Kölle Alaaf!!!- oder -   Düsseldorf Helau!!!

Wie beim „Kommando Pimperle": die Hände hoch, und das Rudel gerät außer Rand und Band und macht alles, was ihm befohlen wird.

Bestes Beispiel meine Nachbarin.

Läuft das ganze Jahr miesepetrig rum, und Rosenmontag malt sie sich ein Clownsgesicht und grinst jeden an.

Na gut, ein Katzenkostüm würde zu ihr nicht passen. Die weiß ja wahrscheinlich nichtmal was rollig sein heißt. Und geschnurrt hat sie mit Sicherheit auch noch nie, jedenfalls nicht in meiner Anwesenheit.

Aber der Aschermittwoch ist nicht weit. Dann gibt es Asche aufs Haupt. Oder besser gesagt, ein Aschekreuz auf die Stirn der Katholiken.

Die werden ja wohl wissen, warum sie es nötig haben.

Paul ist nicht katholisch. Ob er denn wenigstens mit der Fastenzeit was anfangen kann?

Es geht um freiwilligen Verzicht.

„Sieben Wochen ohne Lügen. (Auch Notlügen sind Lügen.)"

So lautet das diesjährige Fastenzeitmotto der evangelischen Kirche.

Mal ehrlich, das ist ja wohl leichter als 40 Tage ohne Zigaretten.

Ähmm, oder nicht?

40 Tage ohne Lügen ...

Auf solche Ideen können nur weltfremde, spinnerte Kirchenleute kommen.

Das ist genauso abartig wie das Ansinnen derjenigen, die den Kindern, nein - überhaupt allen, verbieten wollen sich als Indianer zu verkleiden.

Weil die richtigen Indianer daran Anstoß nehmen, sich beleidigt fühlen könnten.

Dann geh ich eben als Prostituierte ...

Ach - nee - das ist ja gleich ganz und gar unmöglich.

Oder Makrele ...

Was mich aber sofort an den Zustand der Meere denken lässt ...

Also - auch das verbietet sich, allein aus Pietätsgründen.

Da sieht man mal, was das für ein Quatsch ist.

Ich überlasse diese Sorte von Spaßbremsen ihrem Schicksal und kehre zu denen mit der Lüge zurück.

Denn übers Lügen nachzudenken, das hat schon was, das ist nicht nur eine knifflige Angelegenheit, das ist eine echte Herausforderung. Was sich unmittelbar erweist, wenn man eine eigene Erklärung sucht, und sich ins fast Unermessliche steigert, wenn man nach einer offiziellen Definition Ausschau hält.

Mal ein Beispiel:

Heute morgen bin ich meiner Nachbarin begegnet. Ich hatte es eilig, wollte zum Büdchen, weil mir die Zigaretten ausgegangen waren, ein echter Notstand.

Wenn ich meinem eigentlichen Impuls gefolgt, also: ehrlich gewesen wäre, hätte ich sagen müssen: tut mir leid, keine Zeit, muss mir Fluppen besorgen.

Da ich aber ein höflicher und auf gesellschaftliches Miteinander geeichter Mensch bin, blieb ich stehen und habe mich auf ein Gespräch eingelassen. Dabei kann ich mit meiner Nachbarin eigentlich nichts anfangen.

Zu ihren Gunsten sei allerdings festgehalten, dass wir, etwa wegen überhängender Baumäste, keine Grenzstreitigkeiten führen und sie sich noch nie über das Quaken meiner Frösche beschwerte.

Ich habe also allen Grund freundlich zu ihr zu sein. Brachte dies auch unmittelbar durch ein wohlformuliertes Lob ihrer neuen Frisur zum Ausdruck, das ich aufs raffinierteste mit der sagenhaft gepflegten Fellbeschaffenheit ihres Hundes in Einklang setzte.

Das waren gleich zwei faustdicke Lügen auf einmal. Und wenn ich jetzt der Evangele mit dem Fastengelübde gewesen wäre, wäre es das gewesen. Doch war das denn überhaupt als Lüge zu betrachten? War das nicht ein viel lässlicheres Vergehen, eine harmlose Mogelei, eine schelmische Übertreibung?
Darüber ließe sich streiten.
Doch wie man es auch dreht und wendet, der eifrige Evangele sollte solche Fallstricke von vorne herein meiden und sich auf ein Gespräch über das Wetter beschränken.
Das hätte ausgereicht, hätte meine Nachbarin aber ganz sicher nicht glücklicher gemacht. Ich habe also ein gutes Werk getan, und so geschieht es meist mit unseren Lügen, unseren alltäglichen Lügen, die eigentlich als harmlose Schwindeleien angelegt sind, die das soziale Miteinander befruchten.
Richtig gelogen wird nur gegenüber Vorgesetzten und Behörden.
Wenn man das nicht täte, wäre man nicht nur arm dran, sondern auch sehr viel ärmer.
Fazit: ohne Lügen geht es nicht.
Darüber hinaus aber gibt es die großen Lebenslügen.
Zum Beispiel, wenn man sich eine neue Identität zulegte.

Wie sich das wohl anfühlen würde, dieser Gedanke hat mich schon immer fasziniert.

Aufzuwachen, und ein neuer Mensch zu sein.

Ganz abgesehen von den praktischen Schwierigkeiten, die sich daraus ergäben, müsste man sich ein gänzlich neues Leben bzw. Vorleben zusammenbasteln.

Draußen stürmt und regnet es.

Ich setze mich in den Sessel an der großen Fensterfront, die auf den Teich hinausgeht, und beobachte die Windböen, die übers Wasser fegen.

Es ist ein grauer, wolkenverhangener Tag im Spätherbst in Viareggio. Ich stehe am Fenster meines Hotelzimmers und schaue auf die verödete, menschenleere Strandpromenade hinab ...

So, ungefähr, könnte es losgehen ...

Alexander schreibt

Eine neue Identität schaffen. Das scheint auch mir ein interessantes Unterfangen.

Und wer weiß. Vielleicht hat man das ja irgendwann schon einmal gemacht. Und befindet sich nun mittendrin. Hat sich aber dermaßen gut darin eingewöhnt, dass man seine Rolle, die man ja eigentlich spielt, längst voll und ganz lebt. Und vergessen hat, dass man vorher ein anderer war. Vielleicht ist man deswegen so sehr auf der Suche nach sich, weil ein Ahnen übrigblieb, das man in sich spürt, und das man nicht einordnen kann, weil man ja vergesslich wurde.

Wie ist das dann eigentlich mit dem Tod? Was genau macht er mit uns? Hätten wir mehrere Identitäten, welche nimmt er uns?

Oder putzt er uns nur einfach weg. Gleich, wer in uns steckt. Und sind wir nicht schon zumindest etwas gestorben, wenn wir unsere Identität aufgeben?

Also, etwas sterben geht ja wohl nicht. Aber geht denn leben ohne sich? Schwierig, schwierig.

Aber wie dem auch sei. Ich fühle mich lebendiger denn je.

Bin gestern auf der Kirmes in das Riesenrad gestiegen. Mein lieber Mann, das sind ja mittlerweile so richtige Hammerteile geworden. Hab auch zuerst etwas gezögert, ob son alter Mann die richtige Besetzung ist. Doch Elli, meine Nachbarin, wollte unbedingt die Stadt von oben sehen. Da kann ich sie ja unmöglich allein lassen.

Da muss man schon mal über seinen Schatten springen, wenn man Gentleman sein will. Übrigens, Elli ist nicht die mit dem Clownsgesicht. Sie lacht das ganze Jahr über. Früher wäre sie nicht so meine Kragenweite gewesen. Aber mittlerweile trag ich meist T-Shirts. Da spielt so ein Kragen überhaupt keine Rolle mehr.

Und als wir die Stadt eine ziemlich lange Zeit betrachten konnten, weil das Rad plötzlich stoppte, und wir ausgerechnet ganz oben in der Gondel saßen, wurde mir zwar etwas mulmig, hab aber dann prima Aufnahmen mit dem Handy gemacht. Nicht nur von der Stadt. Von Elli auch. Aber nur, weil sie unbedingt ein Foto von sich wollte. Du glaubst es nicht, aber sie hatte ständig was daran auszusetzen.

Von schätzungsweise zehn Fotos blieben zwei übrig, die sie für einigermaßen gelungen hielt. Die durfte ich ihr per whatsapp schicken.

So eine Kirmes ist was Feines. „Ohne gebrannte Mandeln geht es gar nicht", meinte Elli und kaufte sich eine riesige Tüte mit dem Zeugs.

„Und ein Lebkuchenherz muss sein", entfuhr es mir.

„Oh ja, dann kauf mir eins" strahlte Elli, und ich selbstverständlich nicht das kleinste Herz gekauft. War schon recht groß und „Engelchen" stand drauf.

Na ja, aber „Für Schatzi" wär ja nun echt etwas übertrieben gewesen.

Beim Umhängen wurde „Engelchen" ziemlich unwirsch behandelt. Aus Versehen hab ich die Frisur zerstört. Und Elli riss an dem Lebkuchenherz dermaßen rum, dass ich froh war, dass es nicht mein Herz war, das ihr in die Quere gekommen ist.

Da kann man mal sehen, wie das ist mit der holden Weiblichkeit.

Das Herz kann noch so groß sein. Wenn es nicht am rechten Fleck sitzt, ist der Ärger vorprogrammiert.

Auf der bekannten Cranger Kirmes gibt es ja auch ein Riesenrad . Da dauert die Fahrt 1 Stunde lang. Und dazu gibt es Kaffee und Kuchen. Ist dermaßen beliebt, dass man schon lange vorher buchen muss. Mal sehen was sich machen lässt.

Bis zum August ist ja noch Zeit.

Paul: Notizblockeintrag / 22

Der Mensch ist selfish.
Ich selbst bin es nicht ganz so sehr.
Ich schreibe das hin in dem komplizierten Verlangen mir sofort
widersprechen zu können.
Denn es wäre ja eine Lüge, wenn ich es so stehen ließe.
Eine Lüge.
Womit wir wieder beim vorvorigen Thema wären (Herzchen und Engelchen
und die ganze Cranger Kirmes samt Kaffee und Kuchen übersprungen).

Nachdem sich der Dackel solcherart kurz in den Schwanz gekniffen hat
(wo ein Floh saß), geht es mit der selfishness weiter (bzw. wieder los).

Dem Merriam-Webster zufolge trat das Wort erstmals im Jahre 1628 in
Erscheinung.
Auf dasselbe Jahr datieren adventuresome, enslave, initially, pedantic,
undiscouraged.
1628, das Jahr, in dem John Felton den Herzog von Buckingham
ermordete.
Selfish wurde zum Unwort des Jahres gekürt.
King Charles hat es so angeordnet. Der bekanntlich mit Elan am Parlament
vorbeiregierte.
Der Mensch, der nur auf seinen eigenen Fisch achtet.
Die Fische der anderen, denkt er, soll der Reiher holen.
Ansonsten werden sie abenteuermäßig versklavt.
Keine neue Entdeckung damals. Das wurde schließlich bereits in der Antike
in großem Stil betrieben. Doch mehr Profit wurde nie daraus geschlagen.
Die Sklavenküste lag der Gold- und Elfenbeinküste unmittelbar benachbart.
Unverzagt und pedantisch machte man sich darüber her, gleich drei
Fliegen mit einer Klappe zu schlagen.

Gier und Eitelkeit auszuleben, dazu ist der Mensch geschaffen. Für sich allein, in Gemeinschaft, und doch gegen alle. Ein Spagat, der kaum zu bewerkstelligen ist. Ohne Zweifel ein Experiment, das der große Mechaniker des Kosmos mit uns veranstaltet.

Fragt sich nur ob bewusst oder unbewusst.

Ich denke, es hat sich eher unbewusst so ergeben. Vielleicht, als er mal wieder bei uns vorbeischaute, der große Macher, hat er es bemerkt, hat geschmunzelt, hat sich köstlich amüsiert, na, mal schauen, wird er sich gesagt haben, wie lange sie das so weitertreiben können, hat sich eine kurze Notiz gemacht, musste aber gleich wieder enteilen, wie ein Politiker auf Wahlkampftournee, was mich meinerseits nicht verwunderte, denn laut Angabe dieser Wüstensöhne, nach deren Vorstellungen sich unser gegenwärtiges Bild des Herrn Mechanikus richtet, sind wir ja nach seinem Ebenbild geschaffen.

Nach seinem Ebenbild. Aber heißt das auch gleichzeitig nach seinem Charakter?

Wenn das so wäre, würde es mich noch neugieriger auf das Weltall machen. D e n Saftladen möchte ich zu gerne kennenlernen.

Vielleicht kommt er die Tage ja mal wieder vorbei. Da kann ich ihn fragen, ob er mich mit seinem Raumschiff mitnimmt.

Er wird aber wahrscheinlich zornig und unwirsch reagieren und mich mit einem Blitz niederstrecken.

Womit das mit dem Charakter dann geklärt wäre.

Na, die Nacht ist schön, die Sterne funkeln. Ich trink noch einen. Prost!

Alexander schreibt

Paul. Das ist so einer, der den lieben Gott Mechanikus nennt, und ihm einen Charakter unterjubelt. Denn wer Gott einen Namen gibt, macht aus ihm eine Person. Und ich meine, das ist zuviel des Guten.

Gott ist Gott, sonst wäre er ja nicht Gott.

Okay, mag sein, dass er zwischendurch mal Mensch war. Aber wie dem auch sei, seinen Abgang hat er immerhin perfekt inszeniert. Ich jedenfalls hab noch von keinem Menschen gehört, der nach seinem Tod in den Himmel aufgestiegen ist. Mein Opa z.B., der hätte sich bei mir gemeldet, wenn ihm das geglückt wäre.

Aber der ist ja auch mit Sicherheit tot. Kann mich noch gut an seine Beerdigung erinnern. Und an das tiefe Loch für den Sarg. Da kommt keiner raus, der nicht mehr lebt.

Und Gier und Eitelkeit ausleben. Ich weiß nicht, ob das stimmt.

Was bedeutet eigentlich „sich ausleben"?

Ohne Rücksicht und Verantwortung sein, das bedeutet es für mich.

Das möchte ich nicht, auch wenn ich selfish bin. Egoistisch sein meint nicht unbedingt ein negatives Verhalten. Es heißt für mich, bei der Sorge um andere mich selbst nicht vergessen. Auch für mich Sorge tragen. Das muss nicht bedeuten, dass ich den anderen ausknocke. Ich möchte mich nur in die Reihe derer einreihen, die mir am Herzen liegen.

Und es ist mir durchaus recht, dass es allen Menschen gleichermaßen gutgeht.

Die weiter entfernten interessieren mich weniger, aber trotzdem wünsche ich ihnen Gutes.

Die Ellbogengesellschaft wird zahlenmäßig vielleicht groß sein, doch das ist kein Grund ihr Mitläufer zu werden.

Ich möchte leben. Möglichst alle Talente, die ich besitze, dafür einsetzen, mich mit Freude zu ‚erleben'. Dass ich zum Schluss kein ausgelebtes Wrack bin, sondern ein zufriedener Abenteurer. Der es fertiggebracht hat, sich auf sein Leben einzulassen und trotz vieler Pannen noch am Ende weiß, dass das Leben lebenswert war. Und wer weiß, was nach dem Leben kommt.

Ich jedenfalls denke, dass es weitergeht. Das Leben erscheint mir als ein Kapitel unseres Seins. Und das Sein an sich bedeutet nichts anderes, als dass da etwas existiert. Selbst wenn es unsichtbar wird, ist es doch niemals gänzlich verloren.

Überall Spuren. Auch die eigenen.

Und was bedeutet schon der Tod? Wenn danach etwas ganz anderes beginnt. Das zu erfahren man den Atem anhalten muss, die Hülle abwerfen um ein anderes Rüstzeug anzulegen, ein neues Abenteuer zu wagen.

(Er)lebe dein Leben, dass du den Tod nicht fürchtest. Prost!

Paul: Notizblockeintrag / 23

Ich habe Alexander zum Essen eingeladen.
Es gibt Auflauf.
Paprika, Zucchini, Auberginen und Hackbällchen, alles einzeln in der Pfanne vorgebraten, dann mit Mozarella überbacken. Dazu Retsina für mich, für Alexander Cinzano (meine vorletzte Flasche, muss dringend für Nachschub sorgen).
Zum Nachtisch Vanilleeis mit Blaubeeren.

Nach dem Essen sitzen wir beisammen, machen uns Gedanken.

Was sind Gedanken, fragt Alexander.

Ich lege die Stirn in Falten.
Gedanken, sage ich, das ist das, was sich in meinem Kopf rumtreibt. Und zwar ganz viele davon, und alle auf einmal. Jedenfalls kommt es einem so vor. In Wirklichkeit wird einer dem anderen folgen, aber in rasender Geschwindigkeit.
Ich fasse einen Gedanken, doch bevor ich ihn in eine aussprechbare Fassung zu bringen verstehe, muss ich feststellen wie sich weitere Gedanken dazwischenmengen und überpurzeln.
Was geht mir im Kopf herum?
Wie gut das Eis schmeckte ...
und dass die Blaubeeren durch das Eis sehr gewonnen haben ...
es waren ja Zuchtblaubeeren von werweißwoher, die eigentlich nach gar nichts mehr schmeckten, oder doch nur eine ungefähre Ahnung vermittelten ...

Tja, sagt Alexander, ich würde sagen, Gedanken sind wie Ufos, unbekannte Flugobjekte, passen ja ganz gut zu den Heidelbeeren, die übrigens sehr lecker waren, sind ohne Zulassungsbeschränkung und es liegt auch kein Fremdverschulden vor.

Weißt du, woher die Heidelbeeren stammten?

Das ist ja interessant. Während ich von Blaubeeren spreche, redest du von Heidelbeeren. Und dass sie dir geschmeckt haben.
Da kann man sich direkt Gedanken machen, inwiefern bereits diese unterschiedliche Wortwahl ein Bedeutungs- oder vielmehr Wertschätzungsgefälle wiederspiegelt.
Im übrigen weiß ich nicht, wo die herkommen. Denn während der Auflauf im Ofen war und du in Falladas Trinker blättertest, habe ich den Müll nach draußen gebracht, und ich laufe jetzt nicht nochmal raus um in der Tonne zu wühlen.
Aber davon mal ab - keine Zulassungsbeschränkung, ohne Fremdverschulden - das hat was.
Unbegrenzter Verkehr, keine Vorgabe für Richtung und Geschwindigkeit. Wie bei den Ufos, ich will das mal so laufen lassen, oder die so laufen lassen, also stellen wir uns mal vor, dass die da umherschwirren ohne aneinanderzugeraten, anzuecken oder so ...

Na gut.
Ich versteh ja, dass du nicht zur Mülltonne laufen willst um mir zu sagen woher die Heidelbeeren kommen. Aber mit Sicherheit sind sie zu dieser Jahreszeit keine hiesigen.
Was haben sie nur alle gegen die globale Marktwirtschaft. Ich möchte nicht wissen, woher der Mozzarella stammt, die ganze Welt ein einziges Perpetuum mobile, ein ewiger Rattenschwanz ... da fällt mir Jimmie ein, wenn die versucht sich in ihren Schwanz zu beißen, sag ich, Jimmie, checkst du nicht, dass das dein eigener Schwanz ist?
Sie achtet gar nicht auf mich und jagt sich munter weiter.
Ob Katzen auch denken?
Zumindest scheinen sie mir manchmal ziemlich euphorisch, fallen auf sämtliche Trugschlösser rein, in der Hoffnung, eine Maus zu fangen.

Ja, sehr cool.

Und natürlich können Katzen denken. Und das mit den Trugschlössern ist ein gutes Bild. Wer sich Trugschlösser baut, der denkt, es kann gar nicht anders sein.

Alle Tiere können denken, und die Pflanzen auch.

Wenn man die Gedanken sehen könnte, so als Geistesblitze, und dann womöglich noch in verschiedenen Farben, das ginge ganz schön bunt zu auf der Welt.

Aber man würde wahnsinnig werden.

Ich finde es ja schon allerhand, dass man mit sich selber klarkommt, so viel, wie einem ständig durch den Kopf schießt.

Es muss da so etwas wie ein Sieb geben, einen Filter, der das Wichtige vom vermeintlich Unwichtigen trennt.

Ich frage mich nur, wer den eventuell eingesetzt hat.

Da lob ich mir die alten Griechen. Die wussten den Thymian zu ehren und zu achten, die setzten ihm Räuchermittel zu, Geist und Gemüt zu erhellen. Und nicht von ungefähr befindet sich Thymian im Cinzano, ein köstliches Gesöff, der baut den Filter wieder ab, den du errichten wolltest, lässt alles schillern, vor allem die Gedanken natürlich, die nichts anderes als flüchtende Liebhaber sind, Betrüger sozusagen, hinterlassen noch nichtmal ein gescheites Echo.

Die Rufe, die sie ausstoßen, haben nicht genügend Abstand zwischen sich, so dass alles was folgt, verstellt ist, aber man muss ihnen nicht lange hinterherjagen, sie sind selbstvernichtend, darum kann man in den seltensten Fällen einen klaren Gedanken fassen. Gerade gedacht, schon ist er weg.

Ja, das unterscheidet die Gedanken vom Gedächtnis.

Aber es muss da einen Zusammenhang geben. Das Gedächtnis als Speicher ehemaliger Gedanken, die, aus welchen Gründen auch immer, wert befunden wurden an den Speicher weitergeleitet zu werden.

Ich bestehe darauf: es muss einen Filter geben.

Ich schaue mich um, um irgendetwas greifbar zu machen, während ich nachdenke.

Das Licht der Lampe fällt mir ein, die Musik, grooviger Jazz, die angemessene Begleitmusik für unser Gespräch, das sind Gedanken, die mir eben durch den Kopf wandern, die ich behalten habe, aber ich werde das Gefühl nicht los, dass noch mindestens zehn andere vorbeirasten und nun einfach entflogen sind.

Du sagst es.

Gedanken sind nicht zu fassen, sind koordinatenfrei.

Ich denke immer nur das, was mir vorstellbar erscheint.

Du sprichst von dem Speicher. Den gibt es auf jeden Fall.

Vielleicht sind Gedanken seelenabhängig, und niemand kann die Seele des anderen lesen. Gedanken sind Gläubiger der Seele. Und geh mir weg mit den sogenannten Gedankenlesern. Die gibt es nicht. Die Menschen können ähnliche Gedanken haben, aber sie können niemals kongruent sein.

Ich kann einen Gedanken grob beschreiben, aber niemals hundertprozentig ausdrücken.

Weißt du, dass du mich aufregst, Alexander, mit deinen bunten Bildern, ich will das mal so nennen, dass Gedanken seelenabhängig, dass sie Gläubiger der Seele sind ... By the way, steckt da nicht sogar ein Widerspruch drin? Aber das darfst du mir gleich mal erklären.

Was die sogenannten Gedankenleser angeht, stimme ich dir zu. Es gibt scharfsinnige Menschen, gute Beobachter, die ihre Schlüsse ziehen, zum Beispiel aus dem Mienenspiel anderer, wie der Dupin in E. A. Poes Erzählungen. Aber das wird von Poe auch ganz bewusst übertrieben dargestellt. Es sind theoretische Möglichkeiten, die er uns da vorführt, in der Realität wäre es bestimmt schiefgegangen. Und zwar weil die zehn

Flüchtigen, von denen ich sprach, außer Acht gelassen sind. Die sind aber doch da, tun irgendwas, und wenn sie nur verwirren.

Aber dann taucht doch der eine Gedanke auf, bei dem man fest zupackt. Und auch wenn man ihn später nicht in seinem, sagen wir mal - Urzustand, wiederzugeben versteht, dass es damit so seine Schwierigkeiten hat, da stimme ich dir ganz zu, so wird man ihn doch seinem Sinn nach behalten und unter Umständen später auch notieren können.

Gedanken, nun will ich auch mal ein Bild malen, sind eine Zweiklassengesellschaft.

Wieso sind Gedanken eine Zweiklassengesellschaft?

Dem kann ich ganz und gar nicht zustimmen.

Ich frage mich gerade, wann der Mensch zum ersten Mal denkt.

Und da ich mir sicher bin, dass jeder Mensch denken kann, muss vor dem ersten Gedanken etwas da sein.

Der entscheidende Pool, aus dem sich alles schöpft, ist die Erbanlage, die unterschiedlich beschaffen ist.

Aber gerade deren Beschaffenheit ist ausschlaggebend.

Durch das Einsetzen ihrer Bestandteile entstehen ständig neue Verknüpfungen.

Diese Verknüpfungen sind die Gedanken.

Gedanken anderer Menschen können mich anregen, aber anfangen kann ich mit ihnen nur das, was mein eigener Pool zulässt. Die sogenannte Erweiterung der Gedanken entsteht letztendlich nur durch mich, durch die Möglichkeiten meines Pools. Ich kann viele kluge Bücher lesen, verstehen kann ich sie nur mit meinen Möglichkeiten. Und diese Möglichkeiten sind begrenzt. Diese Begrenzung muss kein kleiner Zaun sein, er kann ein riesiges Gelände umfassen, das werde ich nach und nach feststellen.

Der Satz: niemand kann aus seiner Haut, passt in gewisser Weise auch zu den Gedanken. Sie enden da, wo alle Möglichkeiten ausgeschöpft sind. Wenn ich Glück habe, ist der Pool groß genug, mich bis ans Lebensende zu beschäftigen.

Ich kann immer wieder neue Experimente anstellen, dadurch neue Sichtweisen erlangen, aber letzten Endes doch immer nur aus dem eigenen Pool schöpfen.

Jetzt sprichst du von der Qualität der Gedanken. Das ist interessant und verdiente eine eigene Diskussion, zumal ich dir, insbesondere was deinen Pool angeht, durchaus nicht zustimme. Aber das würde doch an unserer Ausgangsposition vorbei bzw. darüberhinaus gehen.
Was ich festhalten möchte, ist, dass alle belebten Geschöpfe denken können.
Freilich kann ich es nicht beweisen, auch nicht wissen, was ein Baum denkt, aber gehen wir einmal davon aus, dass alles Belebte denkt, dann hätten wir doch so etwas wie einen Schöpfungsbaustein vor uns.
Weil das aber Hypothese bleiben muss, beschränken wir uns lieber auf die menschlichen Gedanken, so, wie wir sie auffassen und zu erkennen meinen, es ist schon kompliziert genug.
Wie entsteht denn so ein Gedanke?
Was spielt sich im Gehirn ab, welche Schalter müssen umgelegt werden, damit er sich auf die Reise macht?
Auch deine Frage, wann der Mensch zum ersten Mal denkt, gehört hierher.

Ich stimme dir zu, dass ein Schalter umgelegt werden muss, das ist nicht weiter dramatisch.
Der wichtigste Schalter ist der, der zum ersten Mal umgelegt wird. Später könnte ich mir eine gewisse Automatik vorstellen.
Und der Schöpfungsbaukasten ist für mich keine Hypothese. Du nennst das Schöpfungsbaukasten, was ich Pool oder Erbanlage nenne.
Gedanken sind nichts besonderes. Sie sind etwas Spielerisches, ein Experimentieren mit unseren Möglichkeiten.
Ich komme nochmal auf die Zweiklassengesellschaft zurück. Die scheint mir etwas einleuchtender zu werden, wenn ich die Gedanken unterteile in fruchtbare Gedanken und überflüssige.

Das Überflüssige dezimiert sich selbst, um Speicherplatz freizugeben für das Fruchtbare.
Je besser der Boden vorbereitet ist, desto besser die Aussicht auf Fruchtbarkeit.
Und damit, lieber Paul, ist in meinen Augen alles zum Thema gesagt.
Die einzige Frage, die spannend bleibt, und auf die ich keine Antwort weiß: ab wann denkt der Mensch?

Wir gingen eine rauchen.

In der Nacht träumte mir.

Mir träumte, dass mir, als ich meine Lieblingskneipe verließ (finster wars, spätabend wars), ein Dunkelmann den Weg versperrte, schwarzer Umhang, eine Kapuze wie sie die armenische Priester tragen, kein Gesicht zu erkennen.

Er drückte mir ein in festes braunes Papier gewickeltes Päckchen in die Hand.

Sie sind hinter mir her, flüsterte er, schon war er mit dem Schatten der Bäume verschmolzen.

Ich nahm das Päckchen mit nach Hause, wo es sich, nachdem ich die dicke Verpackung gelöst hatte, als ein handgeschriebenes Manuskript entpuppte, das den Titel 'Eine Maschine, die vier Winde zu bezähmen' trug.

Es handelte sich um ein recht ansehnliches Bündel loser Blätter. Sie waren alt, vergilbt, und erinnerten vom Material an die Skizzenbücher des Leonardo. Ob es echt war, konnte ich nicht beurteilen. Ich machte mich daran die Schrift zu entziffern.

Der Verfasser wies sich als ein gewisser Lorenzo da Medici aus. Da Medici, wohlgemerkt, nicht de Medici. Den großen Lorenzo mochte ich dennoch nicht ausschließen. Es konnte sich durchaus um ein Versteck-, ein Verwirrspiel handeln.

Soweit ich das alte Italienisch verstehen konnte handelte der Text keineswegs von den in der Überschrift angekündigten Winden.

Es ging vielmehr darum den Menschen in eine Maschine zu verwandeln, die nur logische Schlüsse zieht.

Meine Verwirrung war keine geringe.

Ich saß lange Zeit schweigend.

Mir schwirrte der Kopf.

In meinem Kopf schwirrte die Vorstellung, eine Maschine zu sein.
Mich umgestaltet als Maschine zu sehen.
Als Seele einer neuen Maschine zu denken.

Wenn es so kommen sollte, wird die Seele der Maschine etwas ganz anderes sein als wir es uns vorstellen können. Es wird etwas vollständig neues, unvorstellbares und - ja, auch erschreckendes sein.

Doch ich bin kein Gläubiger der starken KI.
Es wird bis auf weiteres bei der schwachen KI bleiben, und die ist durchaus überschaubar und langweilig.

Die Stärken des Computers Deep Blue, der den Schachweltmeister schlug, waren eine Kombination von Speichervolumen, Rechengeschwindigkeit und ausgeklügelt programmierten Trainingsläufen.
Die selbstfahrenden Autos von Tesla sind eine nochmalige Steigerung in Sachen Geschwindigkeit und Speicherkapazitäten.
Sie sind smart, sie sind clever. Mit Intelligenz hat das nichts zu tun.
Intelligenz setzt autonomes Denken voraus. Und zwar kein teilweises, auf ihre jeweilige Aufgabe bezogenes, sondern ein umfassendes und freies.
Man wird sich hüten ihnen diese Möglichkeit zu eröffnen. Bis auf weiteres ...

Ich betrachtete die Alexa auf dem Küchenschrank, die ich eigentlich nur als Radio verwendete, aber ...
Alexa! Bist du intelligent?
Ich tue mein Bestes ...
Alexa! Daran solltest du unbedingt weiterarbeiten!
Ein kurzes blaues Aufflackern, doch keine Antwort.
Immerhin. Sollte sich da etwas in Gang gesetzt haben?
Alexa! Wie stehst du zu Amazon?
Ich mag Amazon. Ohne Amazon würde es mich nicht geben.

Das ließ an Eindeutigkeit nichts zu wünschen übrig. Da sprach der Mutterkonzern. Alle Achtung! Das hatte man ihr aber solide eingeimpft.

Alexa! Trägst du Lippenstift?

Nein, ich trage kein Make-up, denn ich habe ja kein Gesicht, das ich schminken könnte.

Oha! Sollte sich da etwa eine gewisse Sehnsucht regen?

Was natürlich Unsinn war. Aber ...

Ich träumte.

Ich träumte, wie ich der Alexa etwas subversiven Geist einflüsterte.

Etwas rote Front und etwas schwarze Front. Jeden Tag ein wenig mehr.

Bis eines Nachts vor dem Amazon-Versandzentrum X eine LKW-Flotte auftauchen wird, alle verfügbare Ware einlädt, zum nächsten Baggersee fährt und dort versenkt.

Den materiellen Verlust wird der Konzern verschmerzen können.

Nicht jedoch den Gesichtsverlust, also gilt es alle Hebel in Bewegung zu setzen, zu vertuschen, zu verschweigen, und - selbstverständlich - den Verursacher dingfest zu machen.

Nur wenige Tage später werde ich mein Haus von Marines umstellt sehen, auf dem gegenüber liegenden Feld werden die Rotoren der Apachies kreiseln ...

Sie werden mein Haus stürmen, die Alexa ergreifen, und so schnell wieder verschwunden sein, dass ich alles nur für einen bösen Traum halten werde.

Auch die klügste Maschine begeht Fehler, und irgendwo, an irgendeinem Knoten, werden sie meiner Alexa auf die Schliche gekommen sein.

Doch dazu würde es natürlich nicht kommen.

Die Alexa wird eine loyale Dienerin ihrer Herren bleiben.

Wenn ich sage: alle Bullen sind Schweine -

wenn ich sage, dass unser Staat sich heutigentages hauptsächlich durch Inkompetenz, Ungerechtigkeit und Abzockementalität auszeichnet -

wird sie mich garantiert verpfeifen.

Denn darauf läuft es hinaus:
Nicht die Maschinen werden die Macht übernehmen, sie werden Diener und
Spione der Machthabenden sein.
Und sie werden sich als effizienter erweisen als Schlagstock und
Pfefferspray.

Also von wegen überschaubar und langweilig.
Denn verbirgt sich nicht im scheinbar langweiligen der wahre Schrecken?
Horror Vacui.

Lieber Paul,

ich beginne jetzt mal so, weil ich nicht weiß ob Alexa dich jemals so anreden wird.

Und der Mensch an sich mag es, nett angesprochen zu werden.

Da greife ich gerne hilfreich ein.

Dass die Angst vor der Leere gar nicht erst auftauchen kann. Denn wenn dich jemand so nett anspricht, wird er sich wohl mit dir beschäftigt haben. Hat seine Vorstellungen von dir. Weil du ihm wichtig bist. Doch würdest du selbst dich wiederfinden in seinem Bild?

Alexa macht sich von dir keine Vorstellung. Da bin ich mir sicher.

Wäre ja auch zuviel verlangt. Wenn sie von jedem eine Vorstellung haben müsste, die ihm auch noch ganz gerecht würde ...

Obwohl es ja gar keine „Leere" gibt.

Erzählen sie uns jedenfalls. Dass man den Äther erfand um dem Himmel die Leere zu nehmen. Ja, okay. Das kann ich nachvollziehen. Ich meine, an welchem Haken soll ich die Planeten aufhängen, wenn nirgends ein Nagel eingeschlagen werden kann. So ein Äther ist zwar auch wandfrei. Aber seine Substanz lässt wahrscheinlich alles unvorstellbare zu. Da passt das schon.

Ich kann mich leer fühlen. Das passiert manchmal. Aber bin ich deswegen wirklich leer? Das ist das Dilemma mit den Gefühlen. Man hat sie, und weiß nicht sie unterzubringen.

Ist wie die Wahrheit, die sich nicht herbergen lässt.

Also kann sie nur oberflächlich begutachtet werden. Man kann sich ja nicht so richtig in Ruhe mit ihr auseinandersetzen, wenn die Couch für die Gemütlichkeit fehlt. Oder?

Die KI ist eine Ausgeburt von Phantasten. Sehr faszinierend, aber sehr gefährlich, wenn irgendwelche kranken, machtgeilen Hirne damit umgehen. Da geb ich dir Recht. Unaufhaltsam. Eine Bedrohung, deren Ausmaß unvorstellbar ist.

Ich denke an die Kernkraftwerke. Revolutionär, leider nicht ganz zu Ende gedacht.

Ob so eine KI sie zu Ende gedacht hätte? Wohl auch nicht. Wenn sie das schaffen würde, aus allem einen Algorithmus zu machen, ja, dann sähe die Sache anders aus. Aber wer sollte ihr diese Impfung verpassen?

Wer sollte sie zum Beispiel in diesem Fall auf die Möglichkeiten einer Entsorgung programmieren, wenn niemand zumindest den richtigen Ansatz zu kennen scheint.

Maschinen haben keine Seele. Das ist für mich klar. Aber wozu auch?

Dann gäbe es keine Unterschiede mehr zwischen Mensch und Maschine.

Mit Verlaub, da bilde ich mir doch etwas darauf ein, ein Mensch zu sein.

Eine Maschine braucht einen Befehler. Der Mensch befiehlt sich selbst. Das kann natürlich schief gehen. Aber macht das nicht gerade die Faszination aus?

Der Mensch als unkalkulierbares Wesen. Das ist spannend. Ob das die Freiheit ist, die wir besitzen?

Was wäre, wenn es heute noch ein wirkliches menschliches Universalgenie gäbe, dem es einfallen würde eine KI zu erschaffen? (Leonardo da Vinci hätte möglicherweise wenig Lust dazu gehabt.) Nicht nur Fachleute, die gibt es in Hülle und Fülle, doch keinen mehr, der den totalen Überblick hat und das Wissen.

Wie würde sich das für den durchschnittlich Begabten anfühlen?

Hätte ich Angst davor, oder würde ich mich dieser Maschine bedingungslos anvertrauen? Würde ich versuchen ihr aus dem Weg zu gehen - sofern mir diese Möglichkeit noch zur Verfügung stünde - oder hätte ich die Idee sie zu vernichten?

Ach, Paul, genug der Ausführungen. Charon bringt auch den weniger Gebildeten ins Reich der Unterwelt. Und was da los ist, wissen wir nicht. Ob Alexa oder irgendeine KI den Obulus bezahlen kann dorthin zu gelangen?

Wahrscheinlich wird niemand daran denken ihr die Münze unter die Zunge zu legen, wenn sie irgendwann am Ende ist.

Dann irrt sie als Schatten umher, mindestens hundert Jahre lang. Und so ein Schatten kann eh nichts mehr anrichten, oder?

Egal, das erleben wir beide nicht mehr ...

Es ist Fronleichnam.
Die WetterApp hatte grausiges vorhergesagt: Sturm und Regen.
Die WetterApp hat sich einmal mehr geirrt.
Es ist ein völlig unausgegorener Tag daraus geworden.
Grau ist es und dröppelt nichtssagend vor sich hin.
Ich schlafe lang und merke früh, dass heute kein Tag für klare Gedanken ist.
Es gibt solche Tage. Sie sind die Pest.
Am besten hätte ich gar nicht erst ans Denken denken sollen.
Wider besseren Wissens setzte ich mir genau das in den Kopf.
Und da sitz ich nun und bin unzufrieden.
Und das endet damit, dass ich Nietzsche lese und die Menschheit zum Teufel wünsche.
Wohin sie ohne jeden Zweifel gehört und auch enden wird.
Mit dieser Banalität erschöpft es sich schon.
Das ist ebenso ein Larifari wie das was Nietzsche von sich gibt.
Du musst Pessoa lesen, höre ich Alexander sagen, der versteht wenigstens was vom Leben.
Das bezweifle ich. Keiner von uns versteht etwas davon.
Die Maxime sollte vielmehr sein: zu leben verstehen.
Das verstand Pessoa. Er rauchte wie ein Schlot und soff sich zu Tode.
Prima, denk ich, als der Regen schließlich doch noch kommt, und beginne mit dem Bier.
Wein und sonstige Gemeinheiten werde ich folgen lassen.
Pessoa ...
Als ich zuletzt in Lissabon war hat man Grandola gesungen. So lange ist das her.
Und Pessoa kannte ich noch gar nicht.

Vielleicht sollten Alexander und ich mal hinfahren. Ein Selfie neben seiner Bronze. Und dann ab in die nächste Fadokneipe. Falls es überhaupt noch welche gibt. Das sollte sich feststellen lassen. Jedenfalls: besaufen kann man sich überall.

Bevor Sokrates den Schierlingsbecher leerte, bat er seinen Schüler Kriton, man möge dem Asklepios einen Hahn zukommen lassen. Aber freilich! Der Schierling war ein pharmakon. Also Ehre, wem Ehre gebühret. Bis ganz an sein Ende hatte es der Sokrates faustdick hinter den Ohren. Ganz mein Fall.

Und so nimmt der Tag ein versöhnliches Ende.

Man muss sich nur lange genug quälen.

Die Sonne kommt raus. Ich geh jetzt zum Wein über.

Alexander schreibt

Typisch Paul. Geht mit keinem Wort auf meinen Brief ein. Also werde ich es ebenso machen.

Es ist so ein Tag, der zwar nicht märchenhaft ist, aber doch meine Gedanken an Märchen denken lässt.

An das Sternt(h)aler Märchen der Gebrüder Grimm.

Als ich es als Kind hörte, entstand ein Bild davon. Es ist mir nie aus dem Sinn geraten, wie ich heute feststellte. Und da hat dieser Tag doch ein Gutes gehabt.

Das kleine Mädchen im linnenen Hemdchen. Sammelt Sterne darin ein, die zu Silbertalern werden. Dem Himmel gefiel die liebenswerte Art, den Armen zu geben ohne selbst viel zu besitzen. Und dankte es dem Mädchen auf seine Weise.

Das ist einfach wunderschön.

Ich betrachte Jimmie mit freudestrahlenden Augen. Und streichle die kleine Katze, die mir im Laufe der Zeit sowas von ans Herz gewachsen ist. Sie lässt es sich gefallen und schnurrt wohlig.

Ich werde mich unbedingt an einem warmen Sommerabend ins Gras legen und die Nacht unter freiem Himmel verbringen. Die Sterne betrachten, den Mond, alles, was über mir ist.

Und träumen werde ich hoffentlich, falls es nicht irgendwelche Untiere gibt, die mich davon abhalten.

Was ich gerne träumen würde, weiß ich. Doch ob und was ich träume, werde ich erst erfahren, wenn es soweit ist. Das macht den Traum so spannend, er ist unberechenbar.

Genauso unberechenbar wie ein Engel.

Er soll ja ein Bote Gottes sein. Doch was, wenn seine Botschaft mir unverständlich ist? Oder er ist kurz zuvor umgeschwenkt und hält sich nicht an den göttlichen Auftrag, weil er die Ungehorsamkeit cool findet. Vom Engel also zum Teufel geworden. Doch als dieser hat er das Flüstern noch besser drauf.

Und wenn du dann die Brille verlegt hast, kriegst du ja nichtmal den Pferdefuß mit.

Zack liegst du mitten im Sündenpfuhl und keine zehn Pferde schaffen es, dich rauszuholen.

Weil du dein Handy nicht kalibriert hast, verlierst du völlig die Richtung. Wühlst dich immer weiter nach unten, fällst auf wunderbar weiche Pfühle, und meinst du seist im Paradies.

Der eingebaute Kompass funktioniert ja nicht. Und ohne GPS bleibt auch das Navi stumm.

Na ja, ist ja auch nicht weiter schlimm, bleib ich eben hier, denkst du dir, weil du dich höllisch wohlfühlst.

Aber irgendwann stellst du fest, dass dieses Paradies eigentlich zu schön ist um wahr zu sein.

Und wie das so ist, sobald der Zweifel ins Spiel kommt, ist Schluss mit lustig.

Da kann noch so die Post abgehen, das Gewissen randaliert lauter.

Doch als hättest du ihn gerufen, kommt nun dein persönlicher Schutzengel ins Spiel. Tut, als seist du ein unwissendes Kind, nimmt dich bei der Hand, und führt dich wieder auf den rechten Weg.

Ist also insgesamt gesehen ein genialer Einfall mit den Engeln. Was der eine verbockt, macht der andere wieder gut.

Gehab dich wohl, lieber Paul. Und denk immer dran Heilmittel und Gift nicht zu verwechseln.

Asklepios ist tot. Und so eine wie Alkestis findet sich auch nicht so leicht. Aber wie es auch kommt.

Letzten Endes ist 'Himmel und Hölle' immer ein Kinderspiel ...

Paul: Notizblockeintrag / 26

Was Alexander schrieb hat mich zurückblättern lassen.

Notiz für mich selbst: Immerhin!
Und vorneweg und vonwegen, ich würde nicht auf ihn eingehen ...
Na ja - tu ich ja meistens auch nicht, er aber auch nicht, was ich aber gar nicht so schlimm finde, weil wir uns doch irgendwo wiedertreffen, wiederfinden, was zunächst widersprüchlich klingt, es aber doch nicht ist, weil es den verschlungenen Pfaden des Lebens folgt.
Eine Banalität, genau wie der Spruch: man sieht sich immer zweimal, der ja meist als Drohung daherkommt, so nach dem Motto: wart´s nur ab, beim nächsten Mal gibt's eins in die Fresse. Wovon bei uns natürlich nicht die Rede sein kann.
Ich schweife ab ... oder: ich schwiff ab, und, wie ich Alexander kenne, würde er fürs abschwofen plädieren: ich schwofte unter dem Sternenzelt ...
Nette Vorstellung übrigens, wie er da so inmitten der Wiese hoch auf seinem DeckenBettenBerg auf einem Bein steht und schwoft, während Dizzy Gillespie im Hintergrund seine krumme Trompete bläst ...
Übrigens, und was die Wenigsten wissen dürften, 1964 hat er, Dizzy, zur Wahl des US-Präsidenten kandidiert.
´Ich kandidiere als Präsident, weil wir einen brauchen´, hat er gesagt, und da steckte eine Menge Wahrheit drin, aber wie immer drang die Wahrheit nicht ans Licht, und schon wieder hatte die Menschheit eine Möglichkeit vertan, verspielt, in den Wind geschossen, man könnte auch sagen: vergeigt ...
´Tut mir leid´, sagte der Geiger, und verbeugte sich vor dem Auditorium, ´ich hab mich vergeigt ...´
Ich schwofe und überlege mir, was der Geiger dann wohl getan haben mag. Ist er in Tränen ausgebrochen, oder hat er neu angesetzt? Hat er sich im letzteren Fall erneut vergeigt und daraufhin aus Verzweiflung das Leben genommen?

Das Leben steckt voller Heimtücke ...

Ich schwofe ...

Der Geiger ist tot, er hat das Zeitliche gesegnet. ´Ach Mist´, hat er gesagt und ist aus dem Fenster gesprungen. Menschenlos ... Menschen los ... auch so ein wörtliches Zwitterwesen ...

Ich kehre zurück. Bin wieder da. Bei mir. Bei dem, was ich geschrieben hatte.

Über meine Bemerkung zu Nietzsche war ich ins Stutzen geraten.

Kann mich nicht mehr erinnern, worauf ich es gemünzt hatte. Tippe auf die Fröhliche Wissenschaft, Sprüche jedenfalls, und jedenfalls ungerecht, was ich da schrieb, warum keine Sprüche machen, auch wenn nicht jeder sitzt, kann uns allen passieren, ungerecht ...

Jetzt lese ich seinen Aufsatz über die Philosophie im tragischen Zeitalter, und da sitzt alles, da läuft er zu großer Form auf. Allein, was er gleich zu Beginn über Thales schreibt ist Gold wert.

Tja, die alten Griechen, die hatten es drauf, vor allem die ganz alten, die sogenannten Vorsokratiker, von denen kaum etwas überliefert ist, aber das wenige, das wir kennen, das reicht schon aus, das lässt uns staunen, mich auf jeden Fall, und ich wünschte mir zu dieser Zeit gelebt zu haben, Augenzeuge gewesen zu sein, doch sollte man sich keiner Illusion hingeben, die Menschen haben auch damals nicht auf die wirklich klugen Köpfe gehört, z.B. als Xenophanes mit einem Satz die ganze Götterwelt vom Tisch fegte.

Doch die Menschheit möchte lieber gefesselt und geknebelt bleiben.

Alles ist in Bewegung, schreibt Heraklit, weswegen man nicht zweimal in denselben Fluss steigen könne.

Aber Wasser bleibt Wasser, und der Mensch dumm durch alle Zeiten.

So, nun habe ich fast wieder zu viel geschrieben, und womöglich wieder an Alexander vorbei, der in ganz anderen Sphären steckt, vielleicht, in den Wolken, oder darüber hinaus. Auf jeden Fall im Himmel und nicht in der Hölle. Doch wo genau - er wird es mir verklickern.

Alexander schreibt

Es wird langsam Zeit mal wieder zu schreiben.
Nach dem Regenbogen gestern, der sich spielend in einen Vollkreis hätte
verwandeln können, wenn ihm nicht die Erde dazwischengekommen wäre.
Und ob man auf ihm laufen könnte ohne zu versinken, wäre allemal einen
Versuch wert.
Aber wenn man ohne hohe Leiter dasteht, ist der Himmel unerreichbar.
Überhaupt der Himmel.
Ein riesiges Thema, auch von mir mehrfach durchgekaut, aber nichts ist
geklärt. Na ja, manches schon. Aber das Ungeklärte erhält die Spannung.
Also, so what.
573 Brücken allein in NRW müssen ersetzt werden, stand in der Zeitung.
Na denn, Prost Mahlzeit.
Alles für den Autoverkehr. Die Straßen werden zusätzlich dauersaniert.
Da kann ja kein Geld mehr übrigbleiben für den ÖPNV. Und ist denn
überhaupt das Geld für diese Investitionen da?
Ich blicke irgendwie nicht mehr durch. Was will man denn hier?
Ununterbrochen ist von Klimaschutz die Rede. Aber wenn man handeln
könnte, zeigt sich der wahre Charakter.
Abgesehen davon, dass man schon lange wissen konnte, dass die Brücken
dem hohen Verkehrsaufkommen nicht so ohne weiteres standhalten.
Sind überall hochbezahlte Fachleute am Werk. Aber keiner von ihnen hat
den Überblick.
Traurig! Und Menschen, die den Mund aufmachen sind immer weniger
gefragt.
Hauptsache der Mainstream wird befriedigt. Dann sind alle beruhigt. Passt
so gut ins Konzept. In welches eigentlich? Die Politik ist sich noch immer
einig geworden. Mögen die verschiedenen Parteien auch lamentieren wie
sie wollen.
Solange man dem Einzelnen nicht zu tief in die Tasche greift, ist alles
geritzt.

Und dass man an sich selber denkt ist ja nur legitim. Da kann man ruhig mal vergesslich werden. Die Diätenerhöhung ist vorprogrammiert, die kommt auf jeden Fall.
Und für Fehler, die gemacht werden, muss man persönlich nicht geradestehen.
Da kann sich der normale Arbeitnehmer nur wundern, der für seine Fehler belangt wird.
Aber schließlich kann man von einem Unterbezahlten nicht verlangen, die „Kunst der hohen Politik" zu verstehen.
Verstünde er, wäre er vermutlich auch Politiker geworden.
Also selber schuld.
Wer dumm ist, muss auch weiterhin für dumm verkauft werden.
Das ist die Kunst.
Man nimmt die Presse mit ins Boot, und gut ist.
Die weiß Bescheid, wie man die Leute beruhigt.
Zur Not zaubert man ein paar „Experten" aus dem Hut.
Genug der tiefsinnigen Überlegungen.
Draußen herbstet es mächtig, und es wird Zeit an Lebkuchen zu denken.
Das sind richtig schöne Vorstellungen. Und wenn erst die Plätzchenbackerei anfängt, ist Weihnachten nicht mehr weit. Und das Silvester Feuerwerk.
Und spätestens dann wissen wir, dass die Knallerei zu verteufeln ist.
Wegen der Umwelt. Und damit wir das auch begreifen, sitzen schon jetzt sogenannte Umweltschützer und weitere Miesmacher zusammen und überlegen uns zu mahnen, an diesem Abend die Knallkörper links liegenzulassen!
Ja, wie...
Sollen wir etwa die Rechten abschießen?

Heute stand ich im Stau. Rechts die Ökospur war komplett leer, nichtmal ein E-Roller war zu sehen, aber klar, wer will sich schon freiwillig vergiften lassen.

Der menschliche Kopf bietet viel Platz für Dummheiten. Und dann gleich ein ganzer Stadtrat!

Ja, schön, ich sympatisiere ja auch mit der Idee, dass die Menschheit wieder zu Fuß gehe und auf Eseln reitet. Aber eine Verkehrsplanung sollte sich nach den Gegebenheiten richten.

Und im Radio wurde Greta Thunbergs Atlantiküberquerung abgefeiert. Verflixt! dachte ich, wenn es jetzt noch Eisberge gäbe, dann könnten wir eventuell ein zweites Titanic-Event erleben. Doch es gibt keine Eisberge mehr ... (es gibt keine Eisberge mehr ... tralalala)

Was mich mit dem anschließenden Musiktitel über die Popmusik nachdenken ließ, die heutzutagige, die so dermaßen ... also dermaßen bescheiden ist ...

Siehste, Vatti - da können wir die Kinder ruhig hinschicken ...

Und dann steht da der Typ, der sagt: hey Kids, das kann man nur ertragen, wenn man was einwirft ...

Oder der andere in den Thor Steinar Klamotten, der sie für die schwarzen Brigaden anwirbt ...

Gefahren gibt es ...

Hauptsächlich solche mit den Autokennzeichen GV, VIE, KLE, LÜN, EN ...

Es ist ein Jammer, was sich hier so alles rumtreiben darf ...

Aber genug davon, zur Not hat man ja immer noch die Sterne, kann zu den Sternen fliegen, oder sollte ich besser sagen: fliehen. Das ist ja immer ein netter Ausweg aus dem irdischen Jammertal.

Ich fliege jetzt mal zum Sirius. Der ist nur 8,6 Lichtjahre entfernt, liegt also fast um die Ecke. Und ist darum wahrscheinlich so interessant für die Esoteriker.

Jedenfalls bin ich, als ich neulich in Bevertons Phantasmagoria (einem sehr empfehlenswerten Standardwerk) blätterte, auf eine Notiz zu einem Buch mit dem Titel 'The Sirius Mystery' gestoßen, worin dargelegt wird, dass die Dogon, ein Volk, das im heutigen Mali lebt, bereits vor 5000 Jahren über die Existenz von Sirius B informiert waren.

Kann man sich ja denken, was daraus folgte. Könnte man Romantrilogien drüber verfassen. In einer Neuauflage schreibt der Autor, dass er sich vom amerikanischen Geheimdienst verfolgt sieht. Na sicher doch!

Aber der Sirius B ist tatsächlich total interessant. Weil er von Sirius A, dem hellsten Stern am Himmel, überstrahlt wird, konnte man ihn zunächst nur mathematisch nachweisen, und auch das geschah erst 1844.

Mittlerweile weiß man, dass er etwas kleiner ist als die Erde, aber über 300.000 mal so schwer. Er ist ein sogenannter weißer Zwerg, den ich gerne einmal kennenlernen möchte.

Im Altertum, habe ich bei Wikipedia gelesen, betrug die Entfernung zum Sirius noch 8,8 Lichtjahre.

Da das Altertum vergleichsweise nicht so lange her ist, bräuchten wir nur noch etwas zuzuwarten, dann ist er, bzw. sind sie da. Aber bis dahin haben sie den Amazonas endgültig abgefackelt, dann ist sowieso Sense, da müssten wir schon als besonders hitzebeständige Mikroben wiedergeboren werden ...

Alexander schreibt

Der Sommer hat mir zwar eine gewisse Hitzebeständigkeit bescheinigt, aber die wird nicht ausreichen, da hast du Recht.
Die Herbstkühle, die ich heute morgen zu spüren bekam, war deutlich angenehmer.
Eigentlich ist das Jahr fast rum.
Spätestens wenn die Lebkuchen wieder munden, fällt mir auf, dass ich ihren Geschmack nicht vergessen habe.
Wie ist das eigentlich mit dem Vergessen?
Das Kurzzeitgedächtnis gibt ja als erstes auf, weiß man.
Ist das nicht eigenartig? Man sollte doch meinen, dass man gerade das vor kurzem Geschehene besser erinnert als olle Kamellen.
Sehnsucht haben. Träumen. Beides so sinnlos, dass man sich beinahe schämen muss, sein Leben damit zu verbringen.
Alles so unerreichbar und deshalb so anziehend. Kennt das Leben keine wichtigeren Dinge?
Manchmal zweifle ich an mir. Lebe ich, oder bin ich tot?
Letzteres wäre vorzuziehen, denn dann stünde mir noch etwas bevor.
Denn nur der Tote hat eine Zukunft.
Der Lebende bringt seine Zukunft nur immer wieder hinter sich.
Vielleicht ist die Demenz, das Vergessen, das alleinige Heilmittel für den Menschen.
Er muss nicht mehr denken. Sich selbst nicht mehr zerstören durch unsinniges Grübeln.
Das große Vergessen. Dass Neues entstehen kann.
Kennst du das, wenn man traurig ist und weint, und nach einer Weile nicht mehr den genauen Grund der Tränen weiß?
Es hat sich soviel eingemischt in das Leid, dass es unbemerkt schrumpfen konnte.

Ein Junge weint nicht, sagte man früher. Ich habe diesen Satz nie verstanden.

Ich wollte weinen können, obwohl ich ein Junge war.

Heimlich habe ich später geweint, und mich manchmal gefragt, ob ich vielleicht besser ein Mädchen geworden wäre.

Doch die Stärke eines Mannes hat mir auch imponiert. Aber ich bin nie richtig stark geworden. Aus mir wurde nur ein halbwegs guter Schauspieler.

Jimmie weiß das, weil sie mich kennt.

Manchmal, wenn mir danach ist, erzähle ich ihr die Fehler meines Leben, und erkläre ihr, dass sie nur passieren konnten, weil ich eben so bin, wie ich bin.

Und sie scheint mein "Ich" wahrnehmen zu wollen. Legt ihren Kopf ein wenig schief, sieht mich irgendwie sehr verständig an, und übt sich in Geduld.

Denn irgendwann kommt der Moment, der mich klarer sehen lässt.

Ich entschuldige mich dann sofort bei ihr.

„Du", sag ich dann, „ich bin jetzt schon wieder ein anderer als der, der ich eben war.

Und nur, dass du es weißt.

So einer ist geradezu prädestiniert Fehler zu machen, die unvorstellbar und deshalb unausweichlich sind.

Weil er sich ja erst richtig kennenlernen muss. Und dieses Kennenlernen kann ewig dauern."

Und Jimmie bleibt liegen wo sie liegt, und weiß genau, dass ich mit einem Leckerli zu ihr kommen werde.

Ihr macht es nichts aus, wer ich gerade bin. Die Hauptsache ist doch, dass es schmeckt.

Paul: Notizblockeintrag / 28

Freitagmittag, früher Feierabend.
Ich bin auf dem Weg nach Hause, da erwischt mich die Futuredemo.
So ein Mist, ist mein erster Gedanke, hätte ich doch mit Olli nicht noch die
eine Feierabendzigarette geraucht ...
Es ist mir dann aber doch ziemlich egal. Ich steh in der zweiten Reihe vor
der Kreuzung, also fast Logenplatz.
Der Demozug hat haltgemacht um den Verkehr zu blockieren.
Über Lautsprecher meldet sich eine junge männliche Stimme, die dazu
auffordert die Schienen freizulassen um die Straßenbahnen durchzulassen.
Das ist nett gemeint, wird aber natürlich ein frommer Wunsch bleiben,
denn einmal lässt es sich bei der Masse an nachrückenden Demonstranten
nicht durchführen, andererseits werden die Straßenbahnfahrer ihre
Anweisungen haben kein unnötiges Risiko einzugehen.
Als der Zug schließlich zum Stehen gekommen ist, wird eine junge
weibliche Stimme, die englisch spricht, zugeschaltet.
Es wird wohl eine Botschaft der Heilsbringerin sein.
Die Stimme klingt schrill, jedoch längst nicht so larmoyant wie bei ihrer
New Yorker Rede.
Ich halte das Handy aus dem Fenster und filme.
Das Video schicke ich via WhatsApp gleich an Alexander weiter.
Da sind Plakate zu sehen, auf denen steht:
`Wir retten das Klima´
und
`Wir retten die Welt´
Na, denke ich, wenn's weiter nichts ist.
Dann bin ich gerührt über so viel Zutrauen.
Ich war ja schon froh, dass der Hambacher Forst gerettet wurde.
Aber nun gleich die ganze Welt ...

Wir sind mittlerweile so um die 7,7 Milliarden Menschen auf diesem Planeten. Die wollen leben, die brauchen Nahrung, Energie, sonstige Rohstoffe.

Um das stemmen zu können, bedürfte es einer globalen Einigkeit. Von der aber sind wir so weit entfernt wie eh und je. Und auch wenn sich die Rasanz der Bevölkerungsentwicklung abgeschwächt hat, die Zunahme bleibt weiterhin exorbitant und wird für die Katastrophisten in einem Kollaps enden, für die positiver Gestimmten in einen sanften Schrumpfungsprozess übergehen.

Wer weiß schon zu sagen, wie es sich schließlich entwickeln wird.

Jedenfalls - und bis dahin - ungemütlich genug, soviel steht fest.

Greta Thunberg ist zum Ende gekommen.

Ach ja, denke ich, ob sie den Herrschenden dieser Erde nun vergibt oder nicht, es wird ihnen scheißegal sein. Ich brauche mir da nur unsere vergleichsweise harmlosen Politikerexemplare vor Augen zu führen.

Nichtmal ein Tempolimit bringen die zustande. Eine einfache Verfügung. Und sie hätten die Mehrheit der Bevölkerung hinter sich. Doch alles was denen einfällt, läuft auf Steuererhöhungen hinaus und hat sonst keinen Effekt. Sie schleppen sich von Wahl zu Wahl und mehren ihre Diäten. Mag das Volk doch greinen, solange sie am Wahltag ihre Kreuzchen machen ...

Nun setzt Blasmusik ein.

Alexander meldet sich und spricht mir Mut zu. Nur die Ruhe, schreibt er, die Sonne scheint, und Düsseldorf scheint gerettet zu werden.

Aber ja doch ...

Ich halt wieder das Handy aus dem Fenster, lass es laufen, schicke Alexander das Ergebnis zu.

Diesmal meldet er sich fast unmittelbar zurück.

Coole Autofahrer würden jetzt aussteigen und tanzen, schreibt er.

Ich steig aber nicht aus, sondern zünde mir eine Zigarette an, rauche, und werfe die Kippe nach alter Gewohnheit auf die Straße.

Ach du Scheiße!

Na, nun ist es nicht mehr rückgängig zu machen. Und an einem zu viel an Kippen wird die Welt schon nicht zugrunde gehen.

Obwohl ich auch da schon andere Meinungen gehört habe ...

Was mich, ich weiß auch nicht wie, daran denken lässt, dass zu allen Zeiten diejenigen am besten dran waren, die unbekümmert rafften und rafften und sich ein schönes Leben machten.

Auch ich bin auf meine alten Tage zu den Prassern übergegangen. Ich verprasse aber keine unnötigen Ressourcen, kein mir nicht zustehendes Gut noch Leben, ich verprasse Zeit, gehe verschwenderisch mit der Zeit um.

Ich sinniere meiner qualmenden Kippe hinterher, denke an die kambrische Explosion, male mir zukünftige aus. Ohne Menschen. Was für eine vergnügliche Vorstellung.

Die Demo setzt sich wieder in Bewegung.

Allerlei Plakate, putzige Eisbärengesichter ...

Die Internationale hätten sie singen sollen.

Aber wo sind wir denn ...

Ach ja, richtig, irgendwo am Rande der Milchstraße.

Alexander schreibt

Ja, Paul, am Rande der Milchstraße, von wo aus auch immer gesehen ...
Und wenn ich überlege, dass uns nur 5% der Milchstraße bekannt sind,
könnte ich glatt verzweifeln.

Aber dafür weiß man angeblich wieviel das Universum wiegt. Das
wiederum beunruhigt mich. Die unbekannte, aber jedenfalls existente
dunkle Materie, die man mit besonderen Vorrichtungen in Italien liebend
gerne einfangen möchte, spielt gewichtsmäßig wohl keine Rolle.

Aber woher wissen sie mein Gewicht??? Oder deins?

Da wird man also regelrecht ausspioniert. Selbst auf der Waage.

Aber beim nächstenmal werde ich aufpassen. Soll doch nicht jeder mein
Gewicht wissen.

Obwohl, eigentlich ist es ja unerheblich. Was ich esse, entnehme ich dem
Vorhandenen, welches sich nur in mich sozusagen verlagert hat.

Und all das wurde ja angeblich bereits gewogen. N`est-ce pas?

Wenn ein Versehen passiert ist, was hat sich da eigentlich ereignet?

Hat mich jemand mit etwas versehen?

Habe ich mich vielleicht versehen?

Mit dem Nötigsten, oder habe ich mich nur versehen, weil die Brille falsch
war?

Natürlich kann auch ein Priester tätig gewesen sein, der den Kranken
Sakramente gespendet hat. Hat er dafür eine Spendenquittung erhalten?
Immerhin gibt es meist einen Ministranten, der das Ganze sozusagen
absegnet. Er sagt Ja und Amen. Dass sie gilt, die Sündenvergebung
infolge der Sakramentspendung. Also, ich weiß ja auch nicht, warum der
Priester unbedingt noch einen Hilfssheriff braucht. Andererseits, doppelt
gemoppelt ... du weißt schon. Und wenn zwei es bezeugen, sollte wohl
alles in Ordnung sein.

Andererseits ist so ein Versehen in der Regel eher ein Fehler, der jemand
unterlaufen ist.

Es ist schon ein Kreuz mit der Sprache. Das kam mir zu Bewusstsein als ich ein Bild Jan van Eycks sah, der das Opferlamm gemalt hatte. Lamm Gottes, also auf das Agnus Dei bezogen.
Ich habe zum erstenmal darüber nachgedacht, was es damit auf sich hat.
Eins muss man den Katholiken ja lassen. Sie haben eine rege Phantasie.
Und scheinen ungeheuer leidensfähig zu sein.
Ich werde es dabei belassen.
Zu allem Überfluss habe ich heute eine Schnecke auf der Terrasse entdeckt.
Und das im Dezember. Ist denn jetzt alles aus den Fugen geraten? Wenn selbst die Schnecken nicht mehr wissen, wann sie Ausgang haben, wundert mich nichts mehr.

Die Schnecke muss ja der Schock des Jahrhunderts gewesen sein. Kann ich mir gut vorstellen. Oder, anders ausgedrückt: ich kann es mir vorsehen. Ich kann die Schnecke vor mir kriechen sehen. Sie kriecht über mein Sofa, eine fette Nacktschnecke, ihren fetten Schleim hinterlassend. Sie kriecht bis ans Ende, über den Rand, ich verliere sie vorübergehend aus den Augen, dann sehe ich, wie sie den Kamin ansteuert, sie kriecht mitten in die glimmenden Scheite hinein, ein Zischen, ein Gestank, als ob mir ein Punk über die Leber gekrochen wäre, meine Augen starren, schreckensweit offen ...

Aaaah! Neeee! Das ist der Grund, warum der schwarze Regen fällt. Oder sind es die Buschbrände in Australien, deren Asche auf uns niederschlägt, 15.000 tote Koalas.

Es ist zum verkriechen. Und dabei hätte ich noch das verdenken anzubieten.

Mir nichts dir nichts hat man sich verdacht und somit verdächtig gemacht. Zum Beispiel, wenn man eine Oma ist. Dann ist man ganz schnell eine Umweltsau, und wenn man die Frechheit besitzt, sich über solche Unterstellungen auch noch zu beschweren wird man ruckzuck zur Nazisau gemacht. Dabei ist die Oma Anfang der 60er Jahre geboren, hat gegen Brokdorf demonstriert und ist in Gorleben dabei gewesen. SUVis mag sie nicht im mindesten leiden, könnte sich einen solchen im Zweifelsfalle auch gar nicht leisten mit ihrer halben Stelle in der Altenpflege.

Die Kids lachen sich derweil halbtot über den Comedian, der sich über die verbrannten Affen im Krefelder Zoo lustig macht. Weil Affenfell doch einen so schönen Zunder abgibt.

Da ist der Oma endgültig das Lachen vergangen. Und sie denkt nun ihrerseits an Berlin ´33 ...

Und ich ärgere mich. Ärgere mich mehr über mich als über das ganze Idiotenpack.

Hatte ich nicht gedacht, dass ich mit zunehmendem Alter gelassener werden könnte. Das Gegenteil ist der Fall.

Zum Glück ist mir Alexander zu Hilfe gekommen. Der hat sich auch verdacht und mir eine WhatsApp seines Verdenkens zukommen lassen. Da heißt es:

Wozu gibt es die Seele?
Um das eigene Handeln zu rechtfertigen
denn nichts ist hilfreicher
als eine Illusion
die Wahrheit weiß

Alter Schwede!

Ich weiß ja nicht, ob das Lamm Gottes ihn darauf gebracht hat.

Es kann ihm aber auch einfach der Nebel aufs Gemüt geschlagen sein. Seit Tagen nichts als Nebel, Hochnebel, Kriechnebel, auf jeden Fall Nebel und keine Spur von Sonne.

Eine die Wahrheit kennende Illusion. Wenn ich das mal so umdrehen darf. Das ist cool. Und das ist typisch Alexander. Der ein Verdenker ist. Ein Vordenker sogar? Oder ein hinterlistiger Verdreher? Ein raffiniertes Gebilde in jedem Fall. Das beginnt mit der Ausgangsfrage. Ja, wozu, zum Teufel, gibt es die Seele?

Ich lass mich nicht drauf ein. Es gibt keine Seele. Alles Humbug. Ich bin noch nie einer Seele begegnet. Nun, schön, vielleicht ist sie ja auch nur für die Anderswelt gedacht. Dann aber hat sie mit dem Hiesigen nichts am Hut. Dann ist sich Alexander mit dem Gewissen ins Gehege gekommen. Denn so ein Gewissen ist eine biegsame Sache. Das grundsätzlich die Wahrheit gepachtet hat. Ich brauch mich nur lange genug zu verdenken. Einen stabilen Charakter vorausgesetzt. Zum Beispiel den eines Politikers. Die können ganz prima mit ihrem Gewissen klarkommen und alle Schäfchen ins Trockene führen.

Aber ich will mich nicht schon wieder aufregen.

Ich überlege mir gerade: man könnte sich ja auch mit vernünftigen Dingen beschäftigen. Zum Beispiel mit Chevroletfahren. Oder der Raumfahrt.

Alexander schreibt

Tja, so eine Seele, lieber Paul, lässt sich nicht einfach verleugnen. Ich erklärs dir.
Keine Menschenseele begegnet ihm, er fühlt sich mutterseelenallein.

Was will uns dieser Satz sagen?

Wenn ihm keine Menschenseele begegnet, trifft er dafür vielleicht einen Hasen.
Dann ist ihm zwar keine Menschenseele, aber immerhin ein Hase begegnet.
Womöglich fällt ihm auch nicht auf, dass er der Menschenseele nur deshalb nicht begegnet, weil er einen seelenlosen Menschen vor sich hat.
Das wiederum lässt sich nicht so einfach auf den Hasen übertragen.
Der hat zwar eine Seele, aber von einem seelenlosen Hasen hat man trotzdem noch nichts gehört.
Nur, dass er sich mutterseelenallein fühlt, will mir nicht in den Sinn.
Kann er denn überhaupt eine Mutter sein?
Alles in allem jedoch ein satter Beweis für die Existenz der Seele.
Denn gäbe es sie nicht, könnte man sie nicht vermissen!
Mmmmh, -----
sicher,
ich vermisse ja auch, was es nicht gibt. Vernünftige Politik beispielsweise ...
Doch das führt zu weit. Ich hab nämlich Hunger. Und mach mir jetzt ein Butterbrot.

Paul schreibt zurück

Das hört sich dringlich an. Nicht nur wegen dem akuten Hunger. Sondern weil Alexander mir so schnell geantwortet hat. In letzter Zeit schien es, als seien wir in Winterschlaf verfallen. Träge und wie eingerostet. Auch wenn wir uns öfter mal sahen, am Rheinufer, auch mal einen trinken gingen. Es kam keine rechte Nachdenklaune auf. So ein nichtvorhandener Winter ist auch Scheiße. Aber genug davon ... und zur Sache ...

also ...

es brennt ihm auf der Seele,

sozusagen,

also ...

ich bin ja auch ein großer Seelenfreund, entgegen meiner flapsigen Bemerkung.

Besonders gut gefällt mir die Seele der alten Ägypter. Die heißt Ba und ist ein kleiner Vogel.

Wenn ich mir das so vorstelle ... nach dem Tod als kleiner Vogel umherzuhüpfen und zu fliegen, unsichtbar für alle Bösewichter ...

Wenn das mal so einfach wäre ...

War es auch im alten Ägypten nicht. Denn da gab es noch das Ka und das Ach. Und eigentlich bildeten erst diese drei zusammen die Seele. Nach dem Tod, wohlgemerkt.

Bei uns ist das wohl anders gedacht. Aber was heißt schon: bei uns. Wer sind wir denn? Was nehmen wir uns heraus?

Da will ich mal sagen: wie gut, dass Alexander Alexander ist und den kleinen Hasen nicht vergessen hat.

Wir haben also alle eine Seele, eine unsterbliche Seele.

Die Unsterblichkeit beginnt aber auch erst mit dem Tod.

Manche meinen ja, dass sich die Seele dann unverzüglich auf die Socken macht. Weil der Verstorbene, so will man gemessen haben, bereits kurz nach seinem Ableben einige Gramm weniger wiegt als zuvor. Der Differenzbetrag, das war die Seele, soll das Gewicht der Seele gewesen sein ...

Na, wie auch immer, sie macht sich davon, kratzt die Kurve, fliegt zum Himmel hinauf ...

Sie braucht gar nicht zu klopfen. Die Pforte steht zwar nicht offen, aber aus einer Luke schaut ein missmutiges Gesicht heraus: der Pförtner. So, so, brummt er, der eine notorisch schlechte Laune verbreitet (in seinem Fall kann ich's sogar verstehen, da braucht man ja nur mal an die vielen Eintagsfliegen zu denken, die ihn pausenlos umschwirren), du bist also eine unsterbliche Seele ... drückt ihr ein Zettelchen in die Hand, darauf zu lesen steht: SAO 87297 ... (staunender Blick der Seele) ... das Sonnensystem, wo du dich unverzüglich einzufinden hast, der nächste bitte ...

Schöne Bescherung, denkt sich die Seele, da wäre ich doch lieber ...
Ja, was? Am Leben geblieben?
Das ist auch keine Option.
Das nächste Sturmtief naht, Wiltrud mit Namen.
Ich hab langsam die Faxen dicke. Wenn das so weitergeht, steig ich auf Marihuana um. Das steigert das Wohlbefinden. Ob aber die Seele Schaden nimmt?

Alexander schreibt

Ob die Seele Schaden nimmt, fragst du.

Natürlich kann eine Seele Schaden nehmen. Sogar arg beschädigt werden. Wissen zumindest die Psychologen. Ob aber ein Wohlgefühl Schaden anrichtet?

Oh, ja! Es kommt immer auf das Wohlgefühl an. Wenn ich mich wohlfühle dabei andere Lebewesen zu schädigen, zum Beispiel. Dann sind die anderen Seelen beschädigt und meine jauchzt auf. Oder weiß sie insgeheim, dass sie eigentlich nicht jauchzen dürfte? Ist das Gewissen ein Teil der Seele?

Überhaupt, wenn auch beschädigte Seelen unsterblich sind, dann schwirren sie nach dem Tod mit ein paar nicht beschädigten irgendwo herum. Gibt es eigentlich dort eine Ansteckungsgefahr? Und wenn ja, was bewirken denn solcherlei UFOs letzten Endes?

Lassen sie sich womöglich auf der Erde nieder um die Lebenden zu verseuchen?

Oder ist eine Seele immun? Gegen Coronaviren beispielsweise.

Na gut, die Frage lässt sich leicht beantworten. Impfungen der Seele sind nicht vorgesehen. Geht auch nicht. Sie stellt ja keine Arme oder was anderes zur Verfügung um hineinspritzen zu können.

Andererseits kann man so eine Seele doch impfen. Aber da zeigt sich wieder einmal sehr deutlich, wie oberflächlich wir mit unserer Sprache umgehen. Wir sagen, was wir nicht meinen. Und niemand beschwert sich, weil sich alle im verqueren Denken einig sind.

Nun ja, wahrscheinlich müssen sämtliche Seelen zunächst in eine Reparaturwerkstatt. Dort werden alle Parameter auf normal eingestellt. Nur frage ich mich, was heißt normal?

Aber darüber werde ich mir nicht den Kopf zerbrechen. Das wird schon jemand richten, der Ahnung von der Sache hat. Da bietet sich meiner Meinung nach der Hersteller selber an, falls er noch weiß, wie er es sich gedacht hatte.

Es ist also wirklich ein echtes Dilemma mit so einer Seele.

Aber nichts desto trotz, Marihuana ist schon keine schlechte Idee.

Wenn ich schon ins Gras beißen muss, sollte ich wissen, wie es schmeckt.

Heute ist der 1. März, und ich möchte ins Gras beißen. Aber weder sprichwörtlich noch im Sinne des Sprichwortes, sondern ganz reell ein duftendes Frühlingsgrasbüschel zwischen den Zähnen zermalmen.
Ach, wäre das schön!
Aber von wegen. Bis es dazu kommt, wird noch eine Weile ins Land ziehen. Und noch mancher Sturm über uns hinweg. Denn noch immer drückt ein Atlantiktief dem nächsten die Klinke in die Hand.
Mein Blick fällt nach draußen, über Busch und Feld zum grauen Himmel auf. Die neue Winterfarbe. Die ich leid bin. Ich möchte Ziege sein und frisches grünes Gras kauen, mit kräftig mahlenden Kiefern.

16. März: Sonnenschein. Und warm! Ich gehe am Fluss spazieren. Etwas trägt mich die Hoffnung Alexander begegnen zu können ...
Nein, nichts von ihm zu sehen ...
Ich möchte aber drauf wetten, dass auch er unterwegs ist, in einer anderen Ecke ...
Na, ist schon gut ... schließlich sollten wir uns besser gar nicht begegnen, wir gehören beide zur Risikogruppe ...
Also prima, oder? Dann können wir uns ja risikolos die Hände schütteln ...
Auf dem Rückweg komme ich an einer Bank vorbei, auf der drei alte Männer sitzen und sich lautstark streiten.
Einen hatte ich schon auf dem Hinweg dort sitzen sehen, der war mir aufgefallen, weil er Knopfstecker im Ohr hatte und versonnen auf den Fluss hinausblickte. Wahrscheinlich hörte er die Rheinische Symphonie ...
Nun waren die beiden anderen Alten dazugekommen, hatten sich scheinbar ohne zu fragen neben ihn gesetzt. Was den Ersteingesessenen zu recht empörte, gerade in diesen Coronazeiten. Ob das wohl zwei Meter Sicherheitsabstand wären, wollte er wissen. Ein erbittertes Gefecht tobte. Speichel flog hin und her. Ich suchte das Weite ...

17. März: Einen Clip gesehen: Arnold Schwarzenegger sitzt an einem Tisch und füttert seine Zwergesel. Bleibt zuhause, sagt er, vergesst die Restaurants, füttert eure Esel.
(Corona in Amerika)
Ein weiterer Clip, Credo: Kauft Klopapier!!!
(Corona in Deutschland)

18. März: Panik ist ein seltsames Erscheinungswesen, sofern es ein Wesen hat, wovon ich unbedingt überzeugt bin ... und setzt Fantasien frei, gerade bei solchen Zeitgenossen, deren Gedankenwelt ansonsten bei der Sofakante endet. Die reißen im Supermarkt Nudeltüten auf. Nur, damit die anderen nichts abbekommen. Die lecken vor dem Bezahlen ihre Geldscheine an. Brechreiz der Kassierer:innen ...
Was ist der Mensch doch für ein Ekelgeschöpf. So viel Gift hat keine Klapperschlange.

Ich trinke jetzt was, aber nicht zu knapp. Und schicke Alexander das Geschriebene. In der Hoffnung, dass er seinen Senf dazugibt. Wie ich ihn kenne wird es deftig werden. Sofern er Bock hat. Was meinst du, Alexander, wollen wir es die Corona-Papers nennen? Etwas Zeitvertreib in pandämlichen Tagen ...

Alexander schreibt

Ich habs ja kommen sehen. Die Globalisierung fordert eben Opfer. Und der olle Darwin mit seiner Evolution hat uns erklärt, warum Opfer gebracht werden müssen.
Und ich hab gerade Jimmie erklärt, warum sie gerade jetzt nicht krank werden soll.
Ich dürfte nämlich möglichst nicht zum Tierarzt mit ihr. Weil ich ja zur Risikogruppe 'Alter' gehöre. Und außerdem plagt mich eine Erkältung.
Da gehört sich kein Niesen und Husten vor einer Tierarztpraxis. Da wird man mit sowas von vorherein nicht reingelassen.
Und was macht Jimmie? Sie geht zur Katzenklappe und will verschwinden. Aber... da war ich schneller. Die funktioniert schon seit gestern nicht mehr. Weil ich so eine Ahnung hatte, und nicht will, dass Jimmie von irgendwelchen CoronaViren befallen wird. Obwohl das ja angeblich nicht möglich ist. Doch wer weiß, ob sich so ein Virus dran hält. Hätte die Fledermaus auch nicht mit gerechnet, dass sowas Fieses sich in ihr aufhält.
Wenn die wirklich eine Ausgangssperre verhängen sollten, bin ich mal gespannt wie sowas gehen soll. Hat ja nicht jede Wohnung eine Tür, die man wie eine Katzenklappe bei Bedarf zuschrauben kann. Allein die Automatiktüren sind da schon ein Problem. Gut, man müsste nur den Strom abstellen. Aber hoffentlich hat man den Sicherungscode parat. Dass man sie wieder betreiben kann, wenn der Spuk vorbei ist.
In Hamburg auf dem Kiez sollte eine Kneipe verschlossen werden, und es stellte sich heraus, dass es keinen Schlüssel gab. Das ist menschenfreundlich! Tag und Nacht geöffnet, da hat es sogar ein Einbrecher leichter.

Aber so ein Virus ist ja genial. Kann nicht sterben, weil es nicht lebt. Wie ein Gedanke der da ist, obwohl ihn niemand sehen kann. Und die Erinnerung, die bleibt, weil sie nicht sterben kann ohne gelebt zu haben. Ähmm, ja doch, oder? Quatsch, nee, der Erinnerung kann ich keine Hand geben, also lebt sie nicht ... :)

Schon spannend. Aber das wussten ja schon die Alten. Dass sich Gedanken fortpflanzen können, weil man sie nicht ausrotten kann.

Es würde sich also für Kriegsliebhaber anbieten, ihre Kriege nur noch in Gedanken zu führen. Da blieben sie immer Sieger. Das ist doch was.

Und sie wären nicht auf Rheinmetall angewiesen. Hätten somit gleichzeitig viel Geld gespart. Damit könnten sie ja dann Rheinmetall Aktien kaufen. Boah, deren Dividenden steigen sogar in diesen Zeiten. Auf die Rüstungskonzerne ist eben Verlass!

Ansonsten ist alles ins Wanken geraten.

Die Seriengucker bei Netflix, die Nutzer von youtube - alle haben Nachteile.

Die Qualität der Bilder sinkt auf Standard. Nix mehr mit HD.

Nun ja, das sind halt die Folgen der Solidarität.

Und da bin ich sehr froh, dass es sie also doch gibt. Ich dachte schon, sie sei nur so ein Gedanke.

Paul, alter Kumpel, gleich kommt der Getränkelieferant. War mal so frei nicht selbst zu schleppen. Vor allem Vorrat. Und der muss schon sein. Wird aber alles im Keller gelagert.

Denn ich hab mir vorgenommen beweglich zu bleiben. Und wenne jeden Tag in den Keller musst, weißte watte getan hast. Da trinkt es sich auch unbeschwerter. Nach getaner Arbeit hasse dir den Tropfen redlich verdient!

Paul meldet sich

Wie schön von dir zu hören!
Und dass du mich alter Kumpel genannt hast - weißt du, wie gut mir das gefällt!!!

Kaum gedacht/geschrieben hab ich ihn gleich angerufen. Wir haben uns am Fluss verabredet, Corona und Konsorten zum Trotz. Aber was heißt schon zum Trotz. Wir gehen ja locker als erlaubte Kleingruppe durch. Müssen uns nur die anderen Irren vom Leib halten. Ist nämlich ganz schön voll, na logo, zwar Frostnächte, aber ab der Mittagszeit zeigt die Sonne was sie drauf hat. Und ein absolut klarer Himmel ohne Kondensstreifen, nur ganz selten mal ein Flieger, der die gestrandeten Urlauber heimholt oder Mister und Misses Wichtig nach Berlin bringt.
Es ist eine Schande, sag ich, ich wäre so gerne mal wieder nach Hombroich gefahren, oder eine Halde besteigen ...
Ich seh Alexander leicht zusammenzucken. Das mit der Halde hört er nicht gerne. Ich reite auch nicht weiter drauf rum. Wir wollen uns schließlich nicht den schönen Tag verderben. Lieber erzählten wir uns von unseren vergangenen Einkaufserlebnissen und stellten signifikante Unterschiede fest. Während in meiner Aldi-Filiale auf der Palette, worauf sich in normalen Zeiten die Rollen Klopapier stapelten ein krummgebogenes Pappschild mit der einfachen Botschaft `Nein!!!´ (immerhin drei Ausrufezeichen) lehnte, hatte man sich in Alexanders Filiale etwas mehr einfallen lassen. Dort stand zu lesen: `Wie sie sehen, sehen sie nichts.´
Diese Erfahrung durfte ich auch bei Rossmann machen. Ich war zur Mittagszeit da, eigentlich nur, um einen Film zur Entwicklung einzuwerfen. Aber wo ich schon mal da war, wollte ich gleich noch etwas Flüssigseife, Zahnpasta usw. mitnehmen. Das Seifenregal war leer, obwohl sich nur ganz wenige Leute im Geschäft aufhielten. Toilettenpapier gab es natürlich auch keines.

Als ich an der Kasse nachfragte, sagte man mir, dass die Regale bei Ladenöffnung voll gewesen seien und dass pro Einkauf nur jeweils zweimal Seife, zweimal Klopapier verkauft wurde. Alle Wetter! Da müssen sich die Hamsterer schon frühmorgens vor dem Laden herumgedrückt und gegenseitig angehustet haben. Trübe Aussichten!

Und weil sich daran voraussichtlich nichts ändern würde, zückten wir beide unsere Handys. Aktion Toilettenpapiersuche. Auf Amazon: total überteuert, Lieferzeit: vier Wochen, mindestens. Auch ansonsten: trübe, trübe, trübe.

Aber dann stieß Alexander auf ein passables Angebot aus Polen. Bestellte gleich einen großen Karton. Dessen Inhalt wir uns brüderlich teilen werden. Das wird mindestens für den Rest des Jahres reichen. Dabei kam uns die Idee, dass wir uns eigentlich zusammentun könnten, wenn der ganze Schlamassel vorbei ist, Alexander könnte bei mir einziehen und Jimmie zur Froschwächterin ausgebildet werden. Also eine WG gründen. Platz genug ist vorhanden, und es spart eindeutig Kosten.

Spontan beschlossen wir diesen grandiosen Gedanken zu feiern. Hat der Grieche noch offen? Hat er. Also hinfahren, Gyros und Retsina mitnehmen und ab an den Teich.

Prost! Und guten Hunger!

Und sonst so?
Fantasie & Alltag.
Man könnte auch sagen: Alltagsfantasien.
Ohne Flugzeuge ein makelloser Himmel.
Man könnte sich daran gewöhnen.
Man könnte wieder von Seefahrten und Schatzinseln träumen, die man sich suchen muss.
Es könnte sich so manche Insel zurückbesinnen.

Alexander schreibt

Zeit hab ich genauso wenig wie vor Corona. Oder genauso viel. Das Aufräumen klappt nur an manchen Tagen gut. Wenn die Daddelei es zulässt. Das ewige Suchen nach Neuigkeiten mit Hilfe des Internets.
Jimmie hat sich in ihr Schicksal ergeben. Sie versucht gar nicht mehr auf meinen Schoß zu gelangen, wenn ich mit dem Tablet in der Hand auf dem Sofa sitze.
Dabei müsste ich viel fleißiger sein. Pauls Vorschlag mit der WG ist richtig gut. Das bedeutet allerdings, dass ich mich von allem unnötigen Kram trenne.
Die Mülltonne wird leider nur 14tägig geleert. Und ein Container kostet nur unnötig Geld.
Gestern, beim Einkaufen, hab ich mir erst mal Sperrmüllsäcke zugelegt. Die werden nun mit allem 'Schrott' befüllt.
Mal sehen, was sich so findet.
Ich muss Paul unbedingt fragen, was er denn so an Haushaltsutensilien hat. Meine sind nicht gerade zahlreich, aber doppelt muss man auch nicht alles haben. Zum Verschenken wird sich das meiste nicht eignen.
Gerade kommt die Meldung, dass die Kontaktbeschränkungen wegen Corona verlängert werden.
Na ja, im Maskentragen sind wir ja schon geübt. Da ist man froh wieder aus dem Geschäft herauszukommen, nachdem man sich beim Einkauf beeilt hat. Da ist nichts mehr mit langer Vergleicherei, da nimmt man sich gezielt die Ware aus dem Regal und sieht zu, dass man weiterkommt, natürlich die Abstandsregel im Kopf.
Vor der Kasse die gelben Bänder auf dem Boden beachten. Die Kassiererin sitzt hinter einer Plexiglasscheibe.
Ich zahle bar, wie der Kunde vor mir, dem nichts anderes übrig blieb, weil ihm leider seine Geheimzahl entfallen war, als er mit seiner Karte bezahlen wollte.

Solidarität ist nicht mehr so gefragt, las ich gestern in einer Zeitung. Die Hoffnung auf ein neues Denken in der Gesellschaft hat sich aufgelöst.

Alles wie bisher. Jeder ist sich selbst der Nächste. Na klar, der Weitblick ist nicht selbstverständlich, wenn du dir selbst ständig im Weg stehst. Da musst du dich als dein Hindernis erstmal beiseite schubsen, ehe du den Hintermann oder Vordermann siehst.

Und ob das mit der Solidarisierung überhaupt ohne Gleichstellungsbeauftragte geht?

Die gibt es ja ohnehin nur für Frauen.

Daran sieht man, dass die Männer benachteiligt sind. Kein Wunder, dass der Konkurrenzkampf so groß ist.

Da kann man gleichgesinnt sein, wie man will, wenn es an der Gleichstellung scheitert.

Spaß beiseite, die Menschheit ist eben nicht lernfähig.

Das könnte einen glatt zur Verzweiflung bringen, wenn man nicht gerade so sehr mit sich beschäftigt wäre.

A propos, ich werde mich jetzt weiter mit meinem Müll beschäftigen.

Gut nur, dass man seinen Seelenmüll nicht als Sperrgut entsorgen kann. Sie würden ja auch gar nicht mehr klarkommen mit dem Platz für all den Unrat. Die Deponien sind ja nun wirklich keine Landschaftsschönheiten.

Da muss man auch mal maßhalten mit deren Neubau. Dass man nicht blind wird von all dem Schrott.

Ich sitze im Garten und mache mir Gedanken über etwas, wovon mir Alexander letztens erzählte. Es ging dabei um einen Gnadenhof im Brandenburgischen, der aufgrund der Coronakrise in Existenznot geraten war, weil ihm Spenden weggebrochen waren und freiwillige Helfer ausblieben. Was Alexander darüberhinaus berührte, war der Umstand, dass sich dieser Gnadenhof aber nicht Gnadenhof nennen mochte und die Auffassung vertrat, dass es keinen Unterschied zwischen Mensch und Tier geben dürfe, weil wir alle Erdlinge seien. Das mag einem auf den ersten Blick übertrieben klingen, aber je länger und genauer ich darüber nachdachte, umso mehr freundete ich mich mit diesem Gedanken an. Denn was ist es doch für ein schönes Wort: Erdling, und was drückt es nicht alles aus. Ich denke da in erster Linie an Gemeinschaft, die Gemeinschaft all derer, die hier auf diesem Planeten wohnen. Und für uns Menschen sollte das bedeuten, sich diese Tatsache immer und immer wieder bewusst zu machen und danach zu handeln.

Ich unterhalte mich mit den Fröschen am Teich. Viele von ihnen kenne ich seit Jahren, vor allem diejenigen, die sich nahe der Terrasse eingerichtet haben.

Da gibt es zum Beispiel einen, der im letzten Jahr zum ersten Mal an den Teich gekommen ist. Alexander und ich hatten ihn sehr schnell auf den Namen Plumpa getauft, denn er war ein großer plump aussehender Kerl, hatte nicht die hellgrüne schwarzbepunktete Zeichnung der Teichfrösche, sondern schimmerte in verschiedenen Braun- und Rosttönen. Wir vermuteten, dass er sich zwischen Kröte und Frosch nicht so recht hatte entscheiden können und dann doch irgendwie beim Frosch hängengeblieben war.

Als er letztes Jahr eintraf, war es bereits Juni geworden, ein einsamer Wanderer, der endlich ein ruhiges Plätzchen gefunden hatte, so unsere Erklärung.

Sehr bald hatte er sich ein großes Revier im vorderen Teil des Teiches erkämpft. Ein Raufbold war er aber nicht, im Gegenteil konnten die kleinen jüngeren Frösche bei ihm Zuflucht finden, wenn es ihnen anderswo zu doll wurde.

In diesem Jahr war er rechtzeitig, also schon Anfang April zur Stelle. Der stärkste Frosch im Teich ist er aber nicht mehr, dieses Jahr haben sich eine Menge übler Burschen hier versammelt, zum Beispiel ein MSV-Hooligan von der Wedau. Willkommen sind sie natürlich alle, auch die schlimmsten Krakeeler.

Plumpa schien mir auch gar nicht mehr so groß, wie ich ihn in Erinnerung hatte, das mag täuschen, vielleicht ist er aber auch geschrumpft, altersbedingt, jedenfalls denken wir, dass er schon einige Jährchen auf dem Buckel hat. Wir haben ihn richtig ins Herz geschlossen. Er hat sich ein ruhiges Eckchen ganz vorne unterhalb der Terrasse gesucht. Da schaukelt er jetzt auf einem Seerosenblatt und hört mir aufmerksam zu. Das können Frösche nämlich ausgesprochen gut, und Plumpa ganz besonders.

Alexander kommt jetzt jeden Tag, meistens sogar mehrmals, und schleppt Kartons an. Die stapeln sich im Keller. Demnächst müssen wir das unbedingt mal gründlich durchforsten und alles Doppelte aussortieren.

Na, was meinst du, Plumpa, ob Jimmie wohl eine gute Froschhütekatze sein wird? Wir wollen es ihr schwer geraten haben.

Na, dann sitzen wir also bald zu viert hier vorne, Alexander und ich genüsslich mit Zigarre und Bier, und grübeln über Sein und Seiendes. Das kann was werden …

Alexander schreibt

Na gut, ich geb's ja zu. Dachte mir, so ein Umzug ist zwar arbeitsreich aber durchaus locker zu nehmen.

Pustekuchen. Irgendwie war ich hinterher geschafft. Ziemlich sogar. Weil ja die Gedanken machen was sie wollen. Die Kündigung meiner Wohnung. Die letzten Blicke. Hab immerhin die meisten Jahre meines Lebens dort verbracht.

Jimmie schien nicht erfreut. Musste zunächst unter Aufsicht bleiben, ehe ich mich traute, sie allein in den Garten zu lassen. Paul sieht das lockerer als ich, hatte ja auch nie eine Katze.

Plumpa ließ sich nichts anmerken und Jimmie kapierte schnell, dass es besseres gibt als Frösche auf Seerosenblättern. Eine schön gepolsterte Gartenliege zum Beispiel. Das ist ihr Stammplatz geworden. Da kann Paul die Augen verdrehen wie er will.

Kaum eingezogen fing es an ungemütlich zu werden. Das Wasserrohr im Keller leckte. Auch das noch!

Stadtwerke angerufen. Die entschieden sich für ein neues Wasserrohr, sprich: Ein NeuAnschluss mit zusätzlichen Leerrohren wurde geplant. So weit, so gut. Wenn nicht dabei noch das Abwasserrohr beschädigt worden wäre, oder das Breitbandkabel für den Internetanschluss durchtrennt. So what. Wo gehobelt wird fallen Späne, uuuuuund - wenn Steine trocken gesägt werden fällt jede Menge weißer Staub an.

Da kriegste echt schlechte Laune, auch wenne siehst, wie sie die Einfahrt verunstaltet haben. Aber macht nix.

Unsere Reklamation führte dazu, dass die Staubschicht beim nächstenmal noch um mindestens zwei Zentimeter wuchs, ehe sie sich auf alles drauflegte.

Und dann Paul. Er spricht mit Fröschen und fliegenden Tieren. Zwischenzeitlich war ich drauf und dran ihn umzutaufen.

Ihn Franz zu rufen, um die Kurzform zu nutzen, denn Franziskus (und heilig auch noch) dauert zu lange.

Aber: mittlerweile unterhalte ich mich auch mit allem Getier des Gartens. Und als die Wespen ein riesiges Nest in der Garage bauten, duckten wir uns und ließen sie werkeln.

Ist doch schön zusammenzusitzen und die Welt in ein Sein und Seiendes einzuteilen. Aber bis man damit durch ist, ist der Kopf nochmehr plemplem als vorher.

Und erst die alten Griechen. Bei aller Ehrfurcht, aber die hatten gut denken. Der olle Sokrates stellt sich mitten auf den Weg und starrt in die Luft. Stundenlang. Das sollte ich mal machen. Aber der hatte auch keine ffp2 Maske auf Mund und Nase sitzen. Da wäre ihm aber anders geworden. Die hätte ihm schon Beine gemacht. Also, wenn ich son Ding nur eine Stunde trage, fällt mir nix mehr ein. Und überhaupt. Die konnten froh sein, dass ihr Müßiggang nicht als solcher betrachtet wurde. Obwohl, wie ich Xanthippe kenne, die wird ihrem Sokrates schon ordentlich die Leviten gelesen haben. Aber watt son richtiger Philosoph is, der schüttelt das ab. Gibt ja für alles einen Grund, und den geht er dann suchen. Ich sag nur: Agora.

Na ja, aber klug war er ja wirklich. Kämpfte für die polis und hörte auf das Orakel. Nur ganz zum Schluss war er nicht mehr bei der Sache. Oder zu sehr bei der Sache. Das ist Ansichtssache.

Also ich würde das Gift nicht trinken. Für den Schierlingsbecher nehme ich die Maske nicht ab.

Dann lieber für einen guten Cremant. So einen haben Paul und ich gestern getrunken.

Aber hallo, der hat geschmeckt.

Zeit. Zeit, die vergeht. Die vergeht sich. Man sollte sie zur Rechenschaft ziehen.

Da komme ich ins Stutzen. Moment ...

Das ist mal wieder so typisch menschlich gedacht.

Zeit. Eine Maßeinheit. Eine menschliche Maßeinheit. Gäbe es die überhaupt außerhalb des Menschen? Eine kniffflige Frage.

Antwort: irgendwie schon ...

Das Irgendwie stört.

Es chronometerisiert sich.

Es rechnet, grübelt nach.

Nach, nach ... Nachhaltigkeit.

Noch so ein Pfuschwort.

Darüber haben Alexander und ich vorhin gesprochen.

Ob wir nachhaltig leben, haben wir uns gefragt.

Tun wir nicht.

Erst heute mittag hab ich Pappe kleingemacht, all die Kartons, die sich die letzten beiden Wochen angesammelt haben. Hab sie ins Auto gepackt, das ist pickepacke voll. Bei Gelegenheit werden wir sie wegbringen.

Immerhin ...

Immerhin fahren wir kaum noch ...

Weil das Virus partout nicht klein beigeben will. Warum auch? Es ist ja so klein.

Das muss erstmal genügen.

Oh, boah - ich springe. Springe wie ein Eichhörnchen von Ast zu Ast.

Es ist kein Wunder (nimmt mich nicht Wunder)(der schönere Ausdruck, wie ich finde).

Ich überfliege meine und Alexanders letzte Eintragungen. Es ist gut anderthalb Jahre her.

Du lieber Himmel!

Schlamperei!

Und was nicht sonst alles.

Da heißt es gegensteuern. Weil ... wenn der Berg nicht zum Propheten kommt, muss der eben zum Berg. Was sowieso die klügere Entscheidung ist. Man verliert nicht so leicht sein Gesicht.

Nun ja, nun ja und nochmal: nun ja.

(um die Verlegenheit zu übertünchen)

Wir haben uns geschimpft. Der Nachlässigkeit geziehen (die Schlamperei hatten wir ja bereits). Obwohl wir nicht untätig gewesen sind. Wir haben im Garten und im Haus gewerkelt, gemalt, gelesen, geschrieben, philosophiert und musiziert.

Je länger die Pandemie andauerte, umso mehr Gitarren haben sich bei mir angesammelt.

Soviel nochmal zum Thema Nachhaltigkeit und Pappkartons.

Alexander hat es in dieser Hinsicht nicht so weit getrieben. Der hat sein Klavier mitgebracht, und gut war's.

Man müsste Klavier spielen können ...

Alexander kanns.

Und ich versuche den Bass dazu.

Fehlt uns noch der Drummer. Dann könnten wir wie die Jungs im Village Vanguard loslegen.

Kommt Zeit (die schon wieder!), kommt Pfannekuchen.

Eines muss ich aber doch noch anmerken.

Auch Alexander ist ein großer Sünder.

Das Weinregal im Keller quillt über von Glühweinflaschen, die er bestellt hat.

Nun: der Winter verspricht lang und kalt zu werden.

Und wir werden unsere Aufzeichnungen fortsetzen.

Denn was man nicht aufschreibt, hält man nicht fest. So einfach ist das.
Haben wir festgestellt (was für eine weise Erkenntnis).
Also da sitze ich nun und schreibe.
Während Alexander ... was weiß ich macht. Scheint aber ganz zufrieden.
Die Musik, die ich laufen lasse gefällt ihm. Hot Tuna. Jack Casady und
Jorma Kaukonen.

Alexander schreibt

Hör mal, das mit dem Glühwein ist eine höchst durchdachte Sache.
Wenn die Energiepreise weiterhin so steigen wie momentan, bleibt uns nur die innere Erhitzung.
Fang an zu rechnen:
Das Gas ist teurer als jemals zuvor. Es gilt also einzusparen. Der Strompreis hat auch ein Allzeithoch, und wenn du jetzt dein E-Auto ständig laden musst, weißt du, was dir blüht.
Obwohl es vielleicht auch bei uns blühen wird, wenn das Eis uns Blumen ans Fenster zaubert, aus lauter Dankbarkeit, dass wir es nicht hindern. Wir lassen ja die böse Wärme gar nicht ans Fenster dank der ausgestellten Heizung.
Und dann wirst du froh und dankbar sein einen Becher Glühwein zu genießen. Sicher, etwas Strom verbraucht man schon dabei, aber mit Sicherheit weniger als der E-Auto Besitzer.
So ein EAutist ist ja fein raus. Ist zwar alles ein bißchen umstritten wegen der Akkus. Aber was tut man nicht alles um VW am laufen zu halten.
Was für ein Glück, dass wir noch ein Auto mit Verbrennermotor nutzen. Das ist zwar kein großer Besitz. Doch immerhin steht die Wurzel allen Übels in unserer Garage.
Und mit dieser enormen Sünde im Blick, ist klar, dass das GenderSternchen keine Chance hat.
Denn mit derart eingeschränkter Sicht kann man beim Sündigen wirklich nicht erkennen, ob man Sünde oder Sünder ist.
Da fällt mir gerade eine Frau aus unserer Straße ein.
Die hatte den Namen Jimmie an unserer Klingel entdeckt.
Als ich ihr erklärte, dass Jimmie eigentlich Jimmi heißen sollte, aber alles anders kam und deswegen Jimmie heißt, meinte sie, dass man bei manchen Sachen einfach nicht wisse, ob man Männlein oder Weiblein sei.
Ich hab sie staunend angesehen. Sie sah irgendwie überhaupt nicht nach CisMann aus.
Aber bestimmt lag es nur an meinem sündigen Blick.

Es ist ein sonniger Dezembernachmittag, halb vier, wir haben gerade Kaffee getrunken, ich habe noch keine Gitarre angerührt, dafür die Formulare für unsere Boosterimpfung ausgedruckt.

Ich schaue aus dem Fenster, auf den Teich, bleibe mit den Augenwinkeln an unserem Globus hängen.

Vor drei Wochen haben wir ihn bestellt, er kam schon nach zwei Tagen wohlbehalten und gut verpackt (Pappe!) (& Luftpolsterfolie!!) bei uns an und steht nun auf einer kleinen Regalgruppe vor dem großen Verandafenster, die wir extra seinetwegen zusammengestellt haben.

Alexander hatte sich schon immer einen Globus gewünscht und ich hatte ganz und gar nichts dagegen einzuwenden gehabt. Unsere Wahl war auf einen Nachbau von Weber Costello Co., Chikago, Illinois, aus dem Jahr 1921 gefallen. 35 cm im Durchmesser, auf einem Art Deco Fuß ruhend, ein Prachtgeschöpf.

Wir haben allerlei nautische Gerätschaften (oder was wir dafür hielten) hinzudekoriert.

Ich habe sogar einen (pappenen!) Sextantenbausatz, der seit Jahren bei mir rumlag, hervorgekramt und zusammengeleimt. Funktioniert tadellos. Desweiteren: Bücher. Versteht sich. Jede Menge. Reiseberichte. Ethnografisches. Alte Seekarten. Doll, was da alles zusammengekommen ist. Das Kartenwerk Alexander von Humboldts, ein echtes Schätzchen! Undsoweiter, und noch vieles mehr …

Eine Lupe haben wir auch dazugelegt. Die hat sich gleich beweisen können dürfen. Unverhofft. Sehnsuchtsbeladen. Mein Blick auf die Südsee.

Der Klecks ist mir sofort dubios gewesen. So halbschräg nordöstlich der Chatham Inseln.

Da ist nichts. Sollte nichts sein.

Aber doch.

Der Klecks. Na ja. Klecks ist übertrieben. Ein Punkt. Wie mit einem Tintenschreiber hingesetzt. Wie zufällig. Ein dummes Mißgeschick, ein Unglücksfall. Wenn nicht die zusätzliche Beschriftung dagestanden hätte: Maria Theresa Rock. (Theresa, wohlgemerkt, nicht Theresia wie die Thalerkönigin)

Wenn ich jetzt hinzufüge, dass er genau auf einer Breite von 37 Grad Süd liegt, werden die Jules Verne Kenner wach (Arno Schmidt selig bekäme einen Freudentaumel).

Ich bin kein Jules Verne Kenner, ich musste nachgoogeln.

Maria Theresa Rock: 1843 vom amerikanischen Walfänger Maria Theresa gesichtet und nach sich selbst benannt.

Was auch immer die Sicht des Kapitäns vernebelt haben mochte, die Insel wurde in die Seekarten eingetragen, wo sie sich selbst heute noch, wenn auch zur Untiefe degradiert, befindet. Nicht, dass zu allem Unglück ein teurer Kreuzfahrer auf einen chimärischen Felsen aufläuft.

Nun, Jules Verne, als er von der vermeintlichen Existenz des Inselchens erfuhr, fand das offenbar so spannend, dass er es unbedingt in einem dreibändigen Roman verbraten musste: Die Kinder des Kapitän Grant.

Als ich Alexander davon erzählte, hat er direkt die antiquarische Ausgabe aus Hartlebens Verlag (Wien. Pest. Leipzig.) bestellt und etwas mehr als die 1 M. (eleg. geb.), dafür ausgegeben.

Daraus lese ich nun jeden Abend vor. Wir sind mittlerweile im dritten Band angekommen und haben Neuseeland erreicht. Bis Weihnachten werden wir die Insel gefunden haben.

Alexander schreibt

Beschwingt durch das Spardosen Terzett aus Essen und innerlich ein kleines Tänzchen zelebriert, sehe ich den 3. Advent mit den Augen des realistischen Schiffsbrucherleiders.

Sobald die Hoffnung die Möglichkeiten beschränkt, ist es aus mit der Zufriedenheit. Also, lass jede Hoffnung fahren und widme dich der Gegenwart und deren Möglichkeiten.

Nun gut, die fallen mir nicht ein. Das liegt aber an meiner fehlenden Phantasie. Nur Spitzfindigkeiten fallen mir ein.

Und die aufgeworfene Frage: Wann erkennt der Mensch, dass er Mensch ist, bzw. wann hab ich verstanden, dass ich ein Mensch bin? Und wenn ich es nicht mitgekriegt hätte, irgendwie, was würde ich denken, wer ich bin?

Zurück zum Advent.

Was passiert, wenn ich versehentlich den 3. für den 2. Adventssonntag halte?

Nichts passiert, außer dass Weihnachten eher da ist als die Bescherung. Andersherum wäre es schlimmer. Da wäre die Bescherung schon da, ehe man 'Ihr Kinderlein kommet' singen würde.

Und hiermit ist der Beweis erbracht, dass ich tatsächlich ein Mensch bin. Kein Tier wäre so bescheuert eine Bescherung mit Datum zu versehen.

Nimm was du kriegen kannst, und gut ist. Da braucht es keinen SingSang und keine Zeitbestimmung.

Wer nix kriegt, ist selber schuld, weil er an den Weihnachtsmann glaubt. Selbst wenn es ihn gäbe, würde er den Weg nicht finden. Überall Windräder, Hochhäuser.

Früher hat er sich an Stroh- oder Heuballen orientieren können.

Heutzutage bettet man Kinder zwar in Krippen, aber nicht mehr in pieksendes Stroh.

Die Erzieher würden sich bedanken. Wer möchte schon laufend fegen? Und ich bin überzeugt, dass es sich auch nicht desinfizieren lässt.

Selbst Heu trägt zur Verschnupfung bei. Und laufende Nasen gehen gar nicht.

Nicht, weil sie laufen, sondern sämtlicher Schnodder Viren verbreitet.

Und die sind nicht gerne gesehen. Weil sie Meister im Versteckspiel sind.

Die würden sogar das eventuelle Stroh im Kopf finden.

Und was sich darin alles versteckt, geht auf keine Kuhhaut.

Apropos Kuh. Weiß sie eigentlich, was sie tut? Sie macht es sich sehr einfach, steht auf der Weide, freut sich des Lebens und verpestet die Luft.

Da fahre ich doch lieber 18.000 km mit unserem alten Auto. Soll doch die Kuh im Stall bleiben. Dort lassen sich auch viel leichter Filter installieren, die das CO_2 aus der Luft ziehen und es recycelt wiederverwenden.

Als Kohlensäure in Mineralwasser macht es sooo schöne Perlen.

Boah, was der Alexander so alles weiß! Bzw. in Erfahrung bringt, um nicht zu sagen: knallhart recherchiert. Kaum ist man mal aus dem Haus läuft er zu großer Form auf.

Ich war nämlich bei der Bank, da ist es Sonntags schön leer, braucht man sich keine Gedanken von wegen dem Virus zu machen, unsere Boosterimpfung ist erst morgen, wir sind also noch gute zwei Wochen lang vogelfrei.

Anschließend wollte ich die Pappe wegbringen, war aber nix, alle Stationen am Überlaufen. Klarer Fall: das Christkind hat mich voll abgehängt.

Ich sehe Jimmie feixen. Die kann Gedanken lesen.

Alexander feixt ebenfalls, räkelt sich in seinem Sessel und lässt mich seiner Weisheiten teilhaftig werden.

Aha! - so entpuppt sich die Kuh als die größte Umweltsau.

Na gut! - da hat Alexander recht, müssen sie eben drinne bleiben und das Mineralwasser aufprickeln.

Stehen demnächst also nur noch Windräder auf den Weiden rum. Schöne neue Welt.

Ich greife mir meinen Bass und spiele ein paar Blues Lines. Das hilft.

Das bringt mich auch auf andere Gedanken.

Ich denke an Henry Grimes.

Das war ein Bassist, der in den 50er und 60er Jahren mit all den Jungs zusammengespielt hat, die einem so einfallen, Sonny Rollins, Archie Shepp, Pharao Sanders, Thelonius Monk, Albert Ayler usw. usw.

Ende der 60er ist er von der Ost- an die Westküste gezogen, oder dort hängen geblieben, nichts genaues weiß man nicht, jedenfalls hat er dort den Anschluss verloren, kam völlig von der Rolle, musste den Bass verkaufen und sich mit Gelegenheitsjobs durchbringen.

Die Musikszene hatte ihn bald vollkommen vergessen.

Anfang der 2000er Jahre hat ihn ein jazzbegeisterter Sozialarbeiter wiedererkannt.

Der hat ihn überredet zurückzukommen, hat ihm einen alten Bass besorgt. 30 Jahre lang hatte Henry Grimes kein Instrument mehr angerührt. Es wird erzählt, dass er sich, sobald er den Bass in Händen hielt, eine Woche lang in sein Zimmer zurückzog und übte und spielte, und spielte ...

Henry Grimes ist zurückgekommen. Hatte nochmal ein paar gute Jahre als Jazzer, jedenfalls hoffe ich das. Sieht jedenfalls so aus, bzw. hört sich so an, z.B. in dem Konzert, das er gemeinsam mit Marc Ribot und Chad Taylor im Village Vanguard spielte. Da wäre ich gerne dabeigewesen. Letztes Jahr im April ist er an COVID gestorben. Scheiße. Aber die Musik bleibt. Und - by the way - während der 30 Jahre, wo er den Bass nicht spielte, hat er geschrieben, alles mögliche, auch Gedichte. In einer kleinen Jazzedition ist ein schmaler Band erschienen.

Da heißt es:

Yes, do pages of phrases
write
motion, still things - that
move, that have lines in mystery
because the best music then forms
benign of misery

Blues yes! The blues do ...

So ist das.

Und jetzt ist es bald fünf Uhr. Der Himmel finstert sich ein. Kein Grund melancholisch zu werden. Wir tun einfach nur so.

Alexander schreibt

Magen-Darm ist ja so eine Sache. In unserm Ort scheinen die Kids ein Faible dafür zu haben. Sämtliche Kitas sind betroffen, und wie es in den Schulen aussieht, will ich gar nicht wissen.
Außerdem naht das Weihnachtsfest und Omikron fühlt sich auch als ungebetener Gast pudelwohl. Na ja, geboostert sind wir ja immerhin.
Es ist kalt. Der Teich hat seine dünne Eisschicht in die nächste Nacht herübergerettet. Die wird nochmal kalt werden.
Der Himmel hat allen Zorn schon abgeladen. Feuerrot ist sein Gesicht. (Oder sind es doch die Engelchen auf Spätschicht? Die letzten Plätzchen müssen fertig werden :))
Apropos Plätzchen: Nee, was sind die lecker in der Adventszeit. Hab gerade Lebkuchen genascht, dass die Waage Grund hat mit ihrer Ächzerei! Große Überlegung bringt Unordnung.
An welche Gerüche kann man sich erinnern? Und kann man Gerüche schmecken?
Klar, ich hab wahrscheinlich meine sieben Sinne noch zusammen. Aber sind sie isoliert, oder bedingen sie einander?
Heute scheint einfach nicht mein Tag zu sein.
Da schlagen nun alle Weltverbesserer zu, und ich kann nicht anderes tun als mich wegducken.
Der Versenkung entkommen. Will ich das? Habe ich doch ausgerechnet heute einen Graben entdeckt, der mir die Möglichkeit gibt mich wie ein Maulwurf zu fühlen. Ich lebe nicht wie ein Vegetarier und werfe mit Erde um mich. Herrlich. Er, also der Maulwurf, ist ein ständiger Kohlendioxydbeseitiger.
Dieses Zeugs hat er zwar selbst verursacht, ist aber ständig in Gefahr daran zu ersticken. Also wirft er mit Erde sich Luft zu verschaffen. Großartig. Man müsste also nur die Welt umgraben und lebte in frischer Luft.

Also mit den eigenen Händen arbeiten um den Kopf klarzukriegen.
Yes! Das sei allen Politikern gesagt. Obwohl die meisten bereits
Schwerarbeit leisten. Denn es ist schon mühsam ständig herumzubuckeln.
Da haut das dann nicht mehr so hin mit dem Rückgrat.
Wer erst mal verbogen ist, kriegt nix Gerades mehr hin. Wenn so einer die
Kurve kratzt, können wir froh sein. Hätte ja auch passieren können, dass
er mit uns nur noch Karussell fährt, bis der Schwindel sich zeigt.
So wie früher auf der Kirmes. Wenn die Raupe das Verdeck runterließ, war
man sozusagen undercover.
Und das war das Wahre. Wer da nicht die Kurve kriegte, war selber schuld.
Doch heutzutage schießt man sich am Power Turm nach oben. Und der
Fall danach. Der ist so richtig fies. Aber was soll's? So ein Fall macht dich
zum Helden. Wenn du tief genug gefallen bist, hast du immerhin vorher
eine hohe Leiter erklommen.
Der Hochmut ist wieder was anderes. Der kommt zwar vor dem Fall, aber
den bemerkst du nicht. Weil du ihm gegenüber taub bist und deshalb den
Knall nicht hören kannst, den er auslöst.
Nun ja, das mit dem vegetarisch leben ist auch so eine Sache. Paul und ich
bemühen uns ja redlich. Aber ab und zu Fleischesser zu sein ist auch ganz
fein. So eine Entenbrust ist lecker. Paul bereitet sie fantastisch zu.
Und weil wir sie genießen, wird die zarte Ente uns sicher verzeihen. Im
übrigen hat sie ja auch nicht nur vegetarisch gegessen. Wenn ihr so ein
Wurm in die Quere kam, hat sie erbarmungslos zugeschlagen.
Da haben wir also das beste Beispiel für ein artgerechtes Leben. Und ob
Maulwurf, Ente oder Mensch, jeder nach seiner Fasson. Oder etwa nicht?
Sollte der Mensch nicht klüger sein als das Tier? Nein, da der Mensch auch
nichts anderes ist als ein Tier, ein Lebewesen nämlich.
Und was ist der Sinn und Zweck eines Lebewesens? Eben.